目元にキスを落とされ、唇を食まれる。もうずっと凝り固まったままになっている
胸の蕾を、ほぐすように指の腹で擦り合わされた。
「は、んっ……ふ、あ……っ、ん、んぅ」
胸の尖りは彼の指でほぐされているはずなのに、それまでよりももっと硬くなっていく。

完全無欠の国王陛下を色仕掛けで落とそうとしたら逆襲されました

～愛され新婚生活～

熊野まゆ

Vanilla文庫

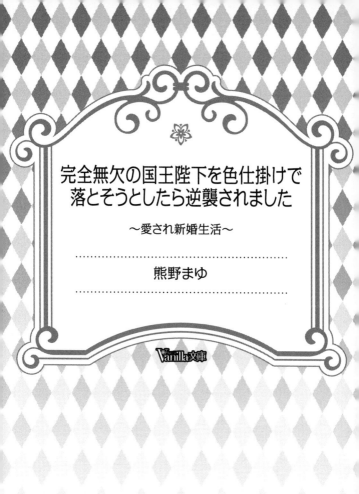

完全無欠の国王陛下を色仕掛けで落とそうとしたら逆襲されました
愛され新婚生活

目次

イラスト／KRN

第一章　突然のロイヤルウェディング

「本日はお誕生日まことにおめでとうございます、ヴェロニカ様！　御髪《おぐし》を梳《と》かせていただきますね」

ドレッサーの前にいたクルネ国の第一王女ヴェロニカは、後ろにいる侍女のユマに「ありがとう、お願いね」と声をかけた。

そこへコンコンコンコンッという素早いノック音が響く。ユマが怪訝《けげん》な顔をするのが、鏡越しにわかった。

「ヴェロニカ様、どうなさいます？」

ここはドレッシングルームで、いまは誕生舞踏会へ出席するための支度中だ。だれかが訪ねてきたとしても出る必要はない。

すると扉の外から「お姉様、オリヴィアですわ！　少しよろしくて？」という声が聞こえた。

「出るわ。支度を中断させてしまってごめんなさいね」

ヴェロニカが言えば、ユマは申し訳なさそうな顔で「とんでもございません」と言った。

ユマが開けた扉の向こうにいたオリヴィアは「ごきげんよう」と挨拶し、ヴェロニカの全身をじろじろと見まわした。

オリヴィアが身につけているラベンダーの香水は匂いがきついので、彼女と顔を合わせるとそれだけでいつも気分が悪くなる。

「お誕生日おめでとうございます。その紅《あか》い髪は、先王のお妃様《きさき》のように手当たりしだい男性を魅了するのでしょうね」

——また嫌味《いやみ》を言いにきたのね。

『先王のお妃様』というのは、ヴェロニカやオリヴィアにとって祖母にあたる。

祖母は王の妃でありながら複数の男性と関係を持ち、その恋人たちと駆け落ちして王家を離脱した。

父や母、兄と妹も皆が金髪だ。ヴェロニカだけが、いわゆる『悪名高い』祖母と同じ紅い髪色なのだ。

しかしヴェロニカは、祖母と同じ髪色ということを恥だとは思っていなかった。祖母と自分はまったく別の人間だ。

ただ周囲はそのように見てくれない。

ヴェロニカが成長するにつれて、どういうわけか「先王妃と同じで不品行な女性」だとか「やはり紅い髪の女性はふしだらで恐ろしい」だとか噂《うわさ》されるようになり、ヴェロニカを悩ませている。

「なにかおっしゃったらどうなの、お姉様」

「ええ……祝いの言葉を述べにきてくれたのよね。ありがとう」

ヴェロニカが言うと、一歳下の妹で第二王女のオリヴィアは面白くなさそうに顔を顰《しか》めた。

オリヴィアとヴェロニカは顔立ちがよく似ている。瞳は榛色《はしばみ》で、背丈も同じ程度だ。違うところといえば髪の色と、胸まわりくらいである。

オリヴィアは、詰め襟のドレスを着たヴェロニカの胸元をじいっと見つめた。

「お姉様、またお胸が大きくなられたのでは？　一段と下品に……あぁ、いいえ。なんでもございませんわ。それではまたのちほど」

ドレッシングルームの扉が閉まるなり、ヴェロニカは息をついた。

「オリヴィア様は、ヴェロニカ様の豊かなお胸がさぞ羨ましいのでしょうね！　なんでもオリヴィア様は、紅い髪のかつらを作ったり、お胸に詰め物をされたりすることがあるのだと噂で聞きました」

「そうなの？　そうだ……ユマ。クルネ城に勤めている者で、わたしと同じ紅い髪の女性はいるかしら？」

「いいえ、おりません。ヴェロニカ様ほどお美しい髪となればなおさら！」

ヴェロニカは「そう……」と相槌《あいづち》を打って首を捻《ひね》る。

「どうされたのですか？」

「じつはわたし、この城で何度か紅い髪の女性を見かけたことがあるの。フード付きの外《がい》套《とう》を被っていて、顔はよく見えなかったのだけれどね。フードから零《こぼ》れて風に靡《なび》く髪が紅かったわ」

――けれど、オリヴィアが紅い髪のかつらを持っているのなら……あれはオリヴィアだったのかしら。

疑問には思ったが、考えても仕方のないことだ。

オリヴィアに尋ねたとしても、素直に教えてはくれないだろう。会えば嫌味しか言われた試しがない。幼いころからそうだった。

社交界デビューする前から、この紅い髪が良くも悪くも話題の中心になることが多く、そのたびにオリヴィアは頬《ほお》を膨らませて不満そうにしていた。

先ほどのように、祖母のことを引き合いに出して嫌味を言われるようになったのはお互い年頃になってからだ。以来、なにかにつけてオリヴィアは紅い髪を悪く言う。

「なにはともあれ、ヴェロニカ様の右に出る者はおりません！　本日もとてもお美しいです！」

ユマに励まされ、支度を終えたヴェロニカはクルネ城のダンスホールへ向かった。エスコートしてくれたのは兄のアランだ。

アランと踊ったあとは、集まってくれたゲストたちと儀礼的な言葉を交わした。

「お姉様、特別なプレゼントをお渡ししたいから、バルコニーへ出てくださらない？」

オリヴィアに声をかけられたヴェロニカは嫌な予感がしながらも、妹のあとに続いて階段を上り、バルコニーへ出た。

オリヴィアを筆頭とした複数の令嬢に取り囲まれたヴェロニカは心の中で「ああ、まただわ」と嘆く。

「どうぞお姉様。お誕生日プレゼントよ。あなた、お姉様に差し上げて」

令嬢のひとりから枯れた花束を手渡されたヴェロニカは、なんとかして笑みを作りながら「ありがとう」と一応の礼を述べた。

いつもどおりヴェロニカがほほえんでばかりいるからか、オリヴィアは苛立ったようすで捲《まく》したてる。

「ねえ、お姉様。男遊びもほどほどにされませんと、どなたも婚約してくださらなくってよ。今夜だって、踊ったのはアランお兄様だけ」

「男遊びなんて、少しもしていないわ」

ヴェロニカがそう答えても、オリヴィアをはじめ令嬢たちは呼吸を合わせたようにクスクスと嘲笑するだけだった。

実際、ヴェロニカにはまったく縁談がない。結婚適齢期の十八歳になるというのに、婚約者もいなかった。

それもこれも『第一王女は男遊びが激しく浮気者』という噂が絶えないせいだ。

ヴェロニカと同じ紅い髪だった先王妃のことがあるにしても、ヴェロニカ自身は城から外へ出ることがほとんどないし、異性とふたりきりで会ったこともないのに、そういう噂が社交界で流れている。

ユマは「ヴェロニカ様がお美しいから、皆が妬《ねた》んでそんな噂を広めているのではないか」と言っていた。

事あるごとに「そんなことはしていない」と否定しているものの、悪い噂はいっこうに途絶えない。

――でも婚約者がいないのは、かまわない。

ヴェロニカには密《ひそ》かに想《おも》いを寄せる『彼』がいる。五年前に知り合った彼と結婚できる見込みはまったくないものの、だからといって別のだれかと婚約するのは嫌だった。

「この国では珍しい紅い髪も、男遊びが激しいのでは不埒《ふらち》な誘惑の証《あかし》にしかなりませんわ」

――大丈夫。気にする必要なんかないわ。

ヴェロニカは彼が言っていたことを思い起こす。

『なにがあってもきみらしく、ありのままでいればいい』

そして彼はこの紅い髪を好きだと言ってくれた。その言葉に何度、救われてきたことか。

オリヴィアたちに悪言を囁《ささや》かれて心が折れそうになるたびに、彼の言葉を思いだす。

「それにしてもお姉様？　今宵《こよい》の舞踏会はサリアナの国王陛下にまで招待状を送ったそうですね」

オリヴィアの言葉にどきりとする。妹が口にしたのは、いましがた頭の中に思い浮かべていた『彼』の話題だった。

「即位なさったばかりでお忙しい陛下に、よくも招待状を送れたものだわ。来てくださるわけないのに」

「――来ては、いけなかったか」

突如として、よく通る低い声が響いた。

バルコニーにいた全員が声の主に注目する。彼が現れると、その場の空気が一変した。

壁掛けランプの明かりが彼のプラチナブロンドを照らす。肩にはつかない長さの白金髪が風に靡ぐ。その一本一本が輝いている。

ニコラスが一歩、進むたびに床が華やいで見えた。錯覚だというのに、彼が近づくにつれて本当にそんな気がしてくる。

サリアナ国王ニコラス。今年、即位したばかりで、隙のない完璧な存在だと言われている二十三歳の若き国王だ。

ヴェロニカは感動のあまり胸の前で両手を組む。

――まさか本当に来てくださるなんて……！

彼の姿を目にしてもまだ信じられなかった。嬉《うれ》しすぎて泣きそうになる。

どこからともなく薔薇《ばら》のような香りが漂ってきた。

甘やかな匂いとあいまって、緻密な刺繍《ししゅう》が施された重厚な衣服を纏《まと》い威風堂々と歩く彼に魅了される。

皆がいつまでも、若き国王ニコラスを目で追い、うっとりと釘付《くぎづ》けになっていた。

いっぽうニコラスは、アメジストの輝きを誇る紫の瞳でヴェロニカだけを見つめていた。

「遅くなったな」

少し困ったようにニコラスが微笑する。きゅうっと胸が締めつけられたのはなぜだろう。

ニコラスはヴェロニカの手元を見て小さく眉根を寄せた。

「ところでその枯れた花束はなんだ？　まさか贈り物なのか」

「あ……これは……」

ヴェロニカはつい、枯れた花束の贈り主であるオリヴィアのほうを見てしまう。

ニコラスは察したように、オリヴィアたちを見遣《みや》った。

「ち、違いますわ！　そう、お姉様はゴミを拾われたのです」と取り繕うオリヴィアに対し、ニコラスは「その否定は最大の肯定だな」と漏らして忌々しげに一瞥《いちべつ》する。

「だがそういうことなら処分してもかまわないな」

ニコラスが目配せをすると、彼と一緒に来ていた側近の男性のクライドが枯れた花束を引き取ってくれた。

「ヴェロニカ、これを」

後ろ手に持っていたらしい色とりどりの花束を目の前に差しだされる。甘く爽やかな匂いが強く香る。ヴェロニカは感動しながら両手で花束を受け取った。

「十八歳の誕生日おめでとう。夜空の下でもきみの紅い髪は燃えるように美しく、圧倒的な存在感を放っている」

ニコラスはヴェロニカの緩くウェーブがかった髪をそっと撫《な》でる。

紅い髪を隠すのではなく、肩や胸のほうへ流れるようハーフアップにしていてよかったと心底思った。そうでなければ、こんなふうに撫でてもらえなかった。

以前、会ったときよりも近いところで見つめられて、どきどきしながらも喜びを噛《か》みしめる。花束の持ち手をしっかりと摑《つか》めば、これが現実なのだと実感できた。

——夢のようだけれど、夢じゃ……ないわ。

嬉しすぎて涙が込み上げてくる。人前で泣いてはいけないと思うのに、感情をうまくコントロールできない。

「紅い髪なんて……血のようではございませんか。わたくしや陛下のように、輝く金色の髪が至上かと！」

オリヴィアがずいっと前へ出てきた。ニコラスは、どこか鬱陶しげにオリヴィアを横目で見る。

「サリアナにおいて紅は──ルビーは国石だ。紅を愚弄することは我が国への批判と同義」

彼の目つきが鋭くなる。こちらへ歩み寄ってきていた妹の足が急に止まった。

「ぐ、愚弄だなんて……」

「だが先ほど階段を上っているときにも漏れ聞こえた。紅い髪は不埒な誘惑の証だとか」

ニコラスが凄《すご》むと、オリヴィアは「ひっ」と小さく悲鳴を上げた。

「わっ、わたくしたちは失礼させていただきますわ」

オリヴィアと令嬢たちは皆がレディのお辞儀をして去っていった。

彼女たちを見送ると、ニコラスはクライドに「しばらく下がっていていい」と告げる。

クライドはにいっと笑ったあと「仰せのままに」と答えてバルコニーを後にした。

階下からワルツが聞こえてくる。少し冷たい風が頬を撫でていく。

ここは密室ではなくバルコニーだから、ふたりきりでも許されるはずだとヴェロニカは自分に言い聞かせる。せっかく彼と会えたのだ。もっと話がしたい。

「あの……ニコラス様。今日はお忙しいなか、遠路はるばるお越しくださり本当にありがとうございました」

誕生舞踏会への招待状は送っていたが、大国の王であるニコラスが自ら出席してくれるのは異例だ。まして即位したての彼はいまもなお多忙を極めているはずだ。

評判の悪い第一王女という自覚はある。ゆえにほとんどの周辺国が王族の代理人を立てて出席するか、祝いの品のみを贈って欠席している。

だから、まさかニコラス本人が足を運んでくれるとは思いもしなかった。

「驚いているような顔だな？　きみの誕生日にはいつも駆けつけていたのに」

「ニコラス様は国王陛下にご即位なさったばかりですから――あっ、陛下とお呼びしなければならないのに、わたしったら」

「いい。これまでどおりニコラスと呼んでほしい」

彼は口の端を上げ、アメジストの瞳を優しく細める。

ニコラスは、兄アランの旧友だ。そしてヴェロニカは、ニコラスが寄宿学校へ通っている時分に出会ったので、五年ほどの付き合いになる。

――わたしに悪い噂が絶えないことをニコラス様も知っていらっしゃると思うけれど。お兄様と仲がよろしいようだから、よくクルネをお訪ねになるのよね。

そしてヴェロニカにも優しい声をかけてくれる、懐の深い男性だ。

そんなことを考えていると、ニコラスはどういうわけかバルコニーの床に片膝をついて跪《ひざまず》いていた。

「ニコラス様⁉　どうなさったのですか」

サリアナからクルネへ来るには大きな山を越えなければならない。多忙を極めるニコラスに長い馬車旅をさせてしまい、疲れが出たのではないかと危惧した。

――でも、お顔の色は悪くない。

それどころか強烈なまでの強い光を孕《はら》んだ紫眼で、しっかりとこちらを見つめてくる。

ニコラスはどこからともなくベルベットの小箱を掲げ、蓋を開けてみせた。

中には煌《きら》めくルビーと無数のダイヤモンドがあしらわれた指輪が収められていた。

「ヴェロニカ王女。私と婚約してほしい」

息を吸い込んだまま、呼吸が止まりそうになった。喜びと動揺で、なんの言葉も返せない。ぽかんと口を開けるだけになる。

ずっと恋い焦がれてきた男性が跪いて婚約を乞うてくれている。これほどの幸せはないと思うのに、戸惑いのほうが大きくなっていく。

――本当にわたしでいいの？

ヴェロニカは、人に恥じるような行いはしていないつもりだ。それでもクルネ国では

『遊んでばかりの悪女』として批判されることが多い。

「男どもを手玉に取って遊びほうけている」というような悪い噂を耳にするたび「そんなことはしていない」と訴えてきた。

ところが周囲になにを言っても悪い噂を消すことができず、どんどん尾ひれがついていく始末だ。

そんな悪評ばかりの自分では、ニコラスの足を引っ張ってしまわないかと不安がよぎる。瞳を揺らすヴェロニカに対して、ニコラスは少しも揺るがない。アメジストの瞳はいまかいまかと返事を待っている。

「わ、わたしは……」

「――ちょっと待ったあ！」

兄のアランだ。金色の長い髪を揺らしながら大股で近づいてくる。端正な顔立ちの兄だが「口を開くと残念」だとよく言われるこの国の王太子である。

「ニコラス！　まさかいまプロポーズしたのか？　したのかっ⁉」

するとニコラスは小さく眉根を寄せて立ち上がった。

「婚約を申し入れていた」

花束を持つヴェロニカの左手をニコラスが握り込む。突然、大きな手のひらに包まれてどきりとする。

「おまえなぁ、まず僕のところへ挨拶に来るべきだろう」

「挨拶ならついさっきしたじゃないか」

「その挨拶じゃあない！　婚約についてだっ」

ヴェロニカは左手に違和感を覚えた。目の前に掲げてみれば、薬指にルビーの指輪が輝いている。

そばに来たアランもまた婚約指輪の存在に気がつく。

「ちょっ、おまっ――なにをしれっと指輪を嵌《は》めている！」

「誕生祝いの贈り物だ」

「いや、いやいやいや。ただの贈り物を左手の薬指に嵌めるのはおかしい！」

「だがこの指輪はヴェロニカの薬指にしか嵌まらないサイズだ」

「なんでだ――って、あ。それでおまえ、先日ヴェロニカの薬指のサイズを書面で訊《き》いてきたのか」

アランは合点したようにポンッと拳で左の手のひらを叩《たた》いた。

ニコラスはアランにかまわずヴェロニカに視線を戻す。

「ヴェロニカ、返事を聞かせてくれるか」

両頬を手のひらで覆われて、またもや心臓が飛び跳ねる。彼の両手は大きくてごつごつしている。剣だこがあるようだった。

「こらっ、婚約者でもないのに僕の大切な妹にべたべた触るな。その話はいったん保留だ！」

するとニコラスは渋々といったようすでヴェロニカから手を放した。

「私がサリアナへ帰国する際、ヴェロニカを連れ帰りたい」

「ニコラスが帰国するときって言ったら――明日じゃないか!?」

言いながら、アランは額に手を当てて頭を抱えたのだった。


舞踏会がお開きになったあと、ヴェロニカはユマと一緒にアランの執務室を訪ねた。

アランは執務机の向こうで頬杖《ほおづえ》をつき、人差し指で机の上をトントン……と小さく叩いている。

「あいつめ――妹たちの結婚に関しては僕が采配を任されていると話したあとから、顔を合わせるたびにおまえと婚約したいと言うようになったが……本気だったとは」

クルネ国王とその妃は、悪評ばかりのヴェロニカを早々に嫁がせて城から出したがっていた。

クルネ国でヴェロニカに優しい言葉をかけているのはアランとユマくらいである。ふたりは、ヴェロニカが男遊びをするような性分ではないとわかってくれていた。

アランは、ヴェロニカが妙な相手に嫁がされないようにするため「妹たちの結婚に関しては僕に一任してほしい」と国王に申し出て、認められていたのだ。

「お兄様。ニコラス様がわたしと婚約したいとおっしゃっていたというのは、本当なのですか？」

アランは無言で頷《うなず》いた。

「なぜ教えてくださらなかったのですか⁉」

「だから、本気だとは思わなかったんだ。ニコラスがおまえに求婚したのはサリアナの国益を鑑《かんが》みてのことだろう。まさかそんなに我が国のオリーブオイルとワインを欲していたとは」

「国益……ですか」

「サリアナ前国王は以前からクルネの産物の輸入量をもっと増やしたいと言っていた。このあたりの国で良質なオリーブオイルとワインを生産できるのはうちだけだし、いまは周辺国でも需要が増えているから、安定した供給源が欲しいんだろうな」

「ですがお兄様――それだけのために、わたしに求婚なさったのでしょうか。サリアナは大国ですから、わたしとの結婚がなくとも有利に要求できそうなものです」

「それはそうだが、サリアナは大国ゆえに貴族の派閥争いも激しいからな。下手に自国から妃を娶《めと》るより、クルネのように大した影響力もないほうが都合がいいんじゃないか？

ともかく……あいつが自国の利益にならないことをするはずがない」

ヴェロニカはそれでもまだ、突然求婚された理由がわからず腑《ふ》に落ちない。

「ニコラスはやることなすこと癪《しゃく》に障るくらい完璧だからな。そのせいで僕は寄宿学校にいるとき万年二位だった……」

アランはぼやきながらも言葉を続ける。

「ともかく、だ。そんなニコラスだから、おまえを明日にでも連れ帰りたいのにはそういう政治的な理由があるに違いない。国王に即位すればすぐに妃を――と、周りがうるさくなるものだ」

「そう……ですね」

国益や貴族のしがらみを鑑みれば、評判の悪い王女であっても価値があるのだろうか。しかしそれならば、妹のオリヴィアでもよかったのではないか。

――でもニコラス様は、わたしを選んでくださった。

少なからず好意は持ってくれているのだと自分に言い聞かせる。いまはまだ愛がなくとも、これから培っていくことはできるはずだ。

「まあでも、正直なところ少し安堵《あんど》もしている。おまえの悪い噂がどこから出てくるのか調査はしているが、いまいち摑めないんだ。すまないな、ヴェロニカ」

「いいえ、ご尽力くださりありがとうございます、お兄様」

兄は申し訳なさそうな顔のまま言う。

「だからこの結婚は悪い話ではない。ニコラスは無表情でなにを考えているかわからないが、おまえのことは大切にしてくれるだろう」

「ニコラス様は無表情……でしょうか？」

少なくともヴェロニカの中では違う。バルコニーでも彼は柔らかくほほえんでいた。たしかにアランが来たあとは笑ってくれなかったが――。

「なにをするにも涼しい顔をしているじゃないか」

「バルコニーで、お兄様がいらっしゃる前はほほえみかけてくださいましたよ？」

「そりゃあ愛想笑いくらいはできるだろうさ。大笑いしていたり、うろたえたりしているところを見たことがないんだ。ヴェロニカは？」

「え、ええと……わたしも……見たことはありません」

いつも冷静沈着で威厳に満ちた、隙のない素晴らしい男性だということしかヴェロニカは知らなかった。

そうして、自分はまだまだニコラスのことをわかっていないのだと自覚する。

「わたし……っ、ニコラス様の人間らしい面を探してお兄様に教えて差し上げます！」

ヴェロニカが勢いよく言えば、アランはきょとんとして碧《あお》い目を瞬かせた。

「うん、まあ……ヴェロニカは紅い髪もそうだが、心までなにもかもが美しいからな。おまえの魅力で骨抜きにすれば、あいつも少しはかわいげが出るだろう。……そうだな、色っぽいナイトドレスでも着てしなだれかかれば、いちころだ！」

「いちころ……？」

つまり色仕掛けをすればニコラスの心を摑み、人間らしい一面を知ることができると。

「わかりました、お兄様！　わたし、頑張ります」

そうすればきっとニコラスに愛してもらえるのだと信じて、ヴェロニカは決意を漲らせつつユマとともにアランの執務室を出た。

ユマが、興奮を抑えきれないといったようすで話しかけてくる。

「明日ご出立だなんて、急なお話ですよね。けどヴェロニカ様、私はどこまでもお供させていただきますからね！」

「一緒にサリアナへついてきてくれるの？」

「もちろんでございます！」

「ありがとう、ユマ」

破顔するヴェロニカを見てユマは「うん、うん」という具合に頷く。

「そして！　ニコラス陛下をメロメロにしちゃおう作戦をするのですよね!?　貴族のお方同士の政略的なものとはいえ、やっぱり愛ある結婚生活を送っていただきたいです！　私にできることはなんでもいたしますので!!」

男爵家の三女で、五つ年上の侍女ユマとはもう十年の付き合いだ。ユマは、ヴェロニカの悪い噂に流されることなく、いつも真摯に向き合ってくれる唯一の友人でもある。ヴェロニカはユマのことをふだんからとても頼りにしていた。

「色仕掛けって、具体的にどうすればいいのかわたしはまったくわからないの。だからユマ、一緒に考えてもらえるとすごく助かるわ」

するとユマは満面の笑みで「はい！」と答えた。

明くる日の朝。

ヴェロニカはニコラスが滞在しているゲストルームへ、アランと連れ立って赴いた。

あらかじめ訪問を伝えていたのか、アランはノックのあとすぐに扉を開けてしまう。

「僕だ、入るぞ」

ニコラスは窓辺のソファに座り、足を組んで外を眺めていた。その横顔は、このまま絵画にしてずっと残しておきたいと思うほど美しかった。

彼がゆっくりとこちらを向く。ニコラスはヴェロニカの姿を見つけるなりソファから立った。大股で近づいてくる。

「おはようございます、ニコラス様。朝早くからお邪魔して申し訳ございません」

「かまわない。きみのことばかり考えていた」

「わたしのことを……？」

熱っぽい眼差《まなざ》しを向けられて頬が熱くなる。

「あーあー、わかった。ヴェロニカをサリアナへ連れて帰るにはどうすればよいか、策を弄していたんだろう」

アランはすぐに言葉を足す。

「結論から言う。ヴェロニカとの婚約を認める。父上も了承済みだが――本当に今日、ヴェロニカを連れていくつもりか？　ずいぶん急だ。まあ……山越えしなければならないし、ニコラスの馬車で一緒にサリアナへ行くほうが効率的ではあるが。というかおまえ、さては初めからヴェロニカを攫《さら》っていくつもりで来たな？」

「攫うとは人聞きが悪い。きみも、クルネ国王陛下も了承済みなのだろう」

「それはそうだが……」

「輿入《こしい》れに必要なものはすべてこちらで準備する。ヴェロニカさえ私と一緒に来てくれればそれでいい」

またもやじいっと見つめられる。神秘的な紫の瞳に吸い込まれて、なにも考えられなくなった。

「ぼっ、僕のほうでだって準備する！　あとで送りつけるからな。受け取り拒否はなしだ！」

その後は慌ただしく出立の準備をすることになった。ヴェロニカが共寝しているクマのぬいぐるみにドレス、宝飾品が次々と私室から運びだされていく。

そうして昼過ぎには準備を終え、クルネ城を発《た》った。

サリアナ王家の立派な馬車に乗り込む。ヴェロニカはニコラスの向かいに座った。

ニコラスの側近クライドや侍女のユマは別の馬車に乗っているので、彼とふたりきりである。

「あのっ……このたびは素敵な指輪を、本当にありがとうございました」

バルコニーで言いそびれていたお礼をやっと言うことができた。ニコラスは微笑して緩く首を振る。

「きみの好みに合うか心配だった。気に入らなければ作り直すから、遠慮なく言ってほしい」

「まさかそんな、気に入らないだなんて！　すごく、きれいです」

平々凡々な褒め言葉しか出てこないのが悔しいくらいだった。彼はリラックスしたようすで肘掛けに腕を預ける。

「急にクルネを離れることになって、嫌では――なかったか？」

「いいえ！　ニコラス様とご一緒できて、光栄です」

「そうか」と、ニコラスは安堵したように口元を緩ませた。

毎日のようにオリヴィアから悪口を言われていた身としては、むしろクルネから連れだしてもらえて本当に嬉しい。

まして恋心を抱いていたニコラスと、これからずっと一緒にいられるのだ。幸せすぎる。ところがこの気持ちをうまく彼に伝えることができない。なにもかも完璧で美しいニコラスを前にして、気後れしてしまう。

ユマから聞いた話だが、サリアナへの出立直前、オリヴィアは「どうしてお姉様なんかがニコラス陛下に嫁ぐの⁉」と、周囲に当たり散らしていたらしい。

ニコラスの妻に、自分はふさわしいのだろうかというためらいも依然として残っていた。

不安が顔に出てしまっていたのか、ニコラスは少し困ったような表情を浮かべて席を立ち、ヴェロニカのすぐ隣に座りなおした。

「馬車に酔ったか？　表情が優れない」

「え、あ……そう、かもしれません」

ぐるぐると、どうしようもない考え事ばかりしていたとは言えず、小さく頷く。

「車窓から外を眺めれば、少しは気分が変わるはずだ」

彼に促されるまま車窓に目を向ける。馬車はいつのまにか王都を抜け、サリアナへ続く山道に差しかかっていた。

ニコラスがそっと背中を摩《さす》ってくれる。気遣わしげな視線もあいまって、全身が火照ってくる。

――ニコラス様は本当にお優しい。でも……なんだか、恥ずかしい。

大きな手のひらが何度も背中を往復している。くすぐったいのはなぜだろう。

「あ、ありがとうございます」とヴェロニカが上ずった声で言うと、ニコラスは「ああ」と短く答えた。なおも背を摩る手を休めない。

そうこうしているあいだに馬車が緩やかに停車した。

「予定していた休憩地点だ。気分転換に外へ出よう」

ニコラスはあらかじめ御者に、ここで休憩を取ると告げていたらしい。

彼は馬車の扉を開け、ヴェロニカが降りるのを手伝ってくれる。至れり尽くせりの心遣いに感激する。

なんてスマートで慈愛に満ちているのだろう。やはり彼は完璧だと、再認識した。

ニコラスに手を引かれたまま、開けた場所を歩く。木柵の手前で彼は立ち止まった。

眼下には森が広がっていた。この森――オマムクーニャは磁場が狂っており、迷い込めば抜けだすのは困難とされる、
石炭の採掘が行われていたこともあったが、行方不明者が続出したことから現在鉱山は閉鎖されている。

しかしこうして高みの見物をするぶんには気持ちがよい。爽やかな風に、心を洗われる。

「気分はどうだ？」

馬車の酔いを気遣ってくれている。ヴェロニカは「もう大丈夫です！」と即答した。これ以上、無用な心配をかけて彼の心を煩わせてはいけない。

――国益のための結婚だけれど、ニコラス様にはこれからわたしのことを好きになってもらえばいいのだから。

前向きになったヴェロニカの勢いに驚いたのか、ニコラスはわずかに目を見開いたあと首を傾《かし》げて微笑した。

馬車へ戻り、ふたたび崖沿いの山道を進む。そして山を越えればすぐにサリアナ国だ。王家の紋章がついた馬車なので、国境であっても停まらずに通過できた。

田舎道から、きちんと整備された石畳の道へと変わる。

サリアナ王都はいつ来ても人と馬車の往来が多く、活気づいている。

夕陽《ゆうひ》を受けたサリアナ城は荘厳だった。完全なシンメトリーに、格式の高さを感じる。車窓からうっとりと城を眺めているあいだに馬車はポルトコシェールへと着いた。

ニコラスにエスコートされてエントランスに入る。

そこには出迎えの侍女や侍従が大勢いた。そして侍女の数人から歓迎の花束を渡される。抱えきれなくなった花束はユマが持ってくれた。

ニコラスがヴェロニカを伴って歩いても、だれひとりとして訝《いぶか》しんだり驚いたりするようすはない。

「もしかして、わたしがサリアナへ来ることもあらかじめ城の方々にお伝えいただいたのでしょうか？」

「そうだ。……花嫁を連れてくる、と通達を出していた」

花嫁という言葉にどきりとして、同時に嬉しくなる。ヴェロニカは頬を染めて「ありがとうございます」と礼を述べた。

大理石の床を、花のよい香りに包まれて夢見心地で歩く。中央階段を上れば、ふかふかのカーペットが敷き詰められている階に出た。ヴェロニカはニコラスに誘《いざな》われるまま彼についていった。

「扉の向こうが私の寝室で、ここが――きみの部屋だ」

ヴェロニカは両手で胸元を押さえて大きく息を吸い込む。

クイーンサイズの大きな天蓋つきベッドに、深みのある茶色いテーブル。花柄のソファがかわいらしい。

そしてところどころに、紅と榛色がアクセントとして使われている。ヴェロニカの髪と瞳の色に合わせたものだ。

「気に入ってもらえただろうか」

瀟洒《しょうしゃ》に調えられた私室に感動していたヴェロニカはこくこくと何度も頷いた。嬉しすぎて言葉が出てこない。

そこへ、ニコラスの後方にいたクライドが意味ありげに「コホン」と咳払《せきばら》いする。

「……なんだ」

「たいへん申し上げにくいのですが、そろそろ議会のお時間でして。陛下に決裁していただかなければならない書類も溜《た》まっております」

ニコラスは小さく息をついた。

「ヴェロニカ。疲れているなら今日はもう休んでもいい。夕食や湯浴《ゆあ》みの準備はすでに調っているはずだ」

「はい。なにからなにまで本当にありがとうございます。ニコラス様は、まだお休みにはなれないごようすですが……どうかご自愛くださいませ」

彼はこの数日でクルネとサリアナを往復している。そもそも忙しかったことは容易に想像できるし、城を空けたぶんさらに仕事が山積していることだろう。

——それなのに、わたしを部屋まで案内してくださった。

感謝してもしきれない。彼のほうに疲れが出てしまわないかと心配にもなった。

気遣わしげな視線を送るヴェロニカの頬を軽く撫でてほほえみ、ニコラスは優しい声で「また明日」と囁いて部屋を出ていった。

翌朝、私室にて。一ヶ月後に挙式となることを聞かされたヴェロニカは「えっ」と驚きの声を上げた。

「ご婚約なさってからサリアナ入りまでだって超スピードでしたけど、このぶんだとあっというまに挙式の日が来そうですね！」

クライドから当面の予定を聞き、ヴェロニカに伝えたユマはあっけらかんとして笑う。

「そういうわけで、ご朝食後にすぐ採寸だそうです。そのあとはウェディングドレスのデザイン決め。それと――」

ユマは手元の紙を見ながら次々と予定を読み上げていく。聞いただけでも目がまわりそうだったが、あと一ヶ月でニコラスの妻になるのだと思うと嬉しくて気分が高揚する。

「精いっぱい頑張るわ！」

ヴェロニカが意気込みを見せれば、ユマは「全力でお手伝いいたします！」と呼応した。

それからは慌ただしい毎日が始まる。

挙式と晩餐会《ばんさんかい》へ向けて決めなければならないこと、覚えなければならないことが山積みである。

そうして一週間が経《た》つころ。ヴェロニカはユマに淹《い》れてもらった紅茶を飲んで昼の休憩をしていた。

「ウェディングドレスのデザインは決まりましたので、次はナイトドレスですね」

ユマに声をかけられたヴェロニカはつい「うっ」と唸《うな》ってしまう。

「ナイトドレスは、できればユマに一任したいのだけれど……どうかしら？」

「よろしいのですか？」

ヴェロニカは「ええ」と答えたあとで頷く。

ウェディングドレスのデザインを決めるだけでも骨が折れた。というのも、仕立て屋は『流行』と『伝統』をとにかく気にかけるのだ。

行わなければならないのはドレスに関することだけではない。

挙式と晩餐会に招待するゲストの顔と名前、どんな役職に就いているのかなどを暗記する必要がある。睡眠時間を削って暗記を試みたが、如何《いかん》せん覚えが悪い。

くわえて、挙式と晩餐会では違うデザインのウェディングドレスを着るということだから、とてもではないがナイトドレスにまで手がまわらない。

そこで、ナイトドレスに関しては調査能力の優れたユマに任せるほうがよいと思った。

ユマはクルネ国にいるときから、貴族だけでなく城下の流行にも敏感だったからだ。

「ナイトドレスのデザインや生地を初めから考えるには時間が足りないと思うの。だから既製のもので、流行や伝統を鑑みたものであればいいはずよ」

「そういうことでしたら、お任せください！　ヴェロニカ様にも陛下にも気に入っていただけるものをきっとご用意いたします！」

「ありがとう、お願いね」

そうしてヴェロニカは、ゲストたちのプロフィールを頭に叩《たた》き込《こ》んでいった。


挙式前夜。ヴェロニカは寝付くことができずにいた。それというのも、先日閨《ねや》指導の講師から「破瓜《はか》は、あの世へ逝くと錯覚するほど痛む」と教えられたからだ。

これまで婚約者がいなかったヴェロニカは初めて閨指導を受けたのだったが、いきなり「破瓜の痛みに向けてお覚悟を」と言われ、完全に怖《お》じ気《け》づいていた。

――いいえ、そのことばかり考えているのはよくないわ。

頭を冷やすためにバルコニーへ出たあとで気がつく。このバルコニーはニコラスの寝室と一続きになっているのだと。

物音を聞きつけたのか、ニコラスが寝室から出てきた。

「ニコラス様……！」

このところ、ごくわずかな時間しか顔を合わせることがなかった。思いがけず会うことができて嬉しい。それに、彼はふだんの正装とは違う。寝衣姿が新鮮だった。

シャツのボタンは上から三つほどが開いている。厚い胸板が垣間見《かいま》えてどきりとする。そこを見つめてばかりいては失礼だと思うのに、目を逸《そ》らせなかった。

いっぽうニコラスはヴェロニカの視線など気にならないようすでバルコニーの鉄柵に片腕を預けた。ヴェロニカは彼の隣に立つ。

「なにもかも慌ただしくてすまない」

「とんでもないことでございます。ニコラス様……わざわざバルコニーへ出てきてくださったのですよね？　ありがとうございます」

彼は緩くほほえみ、片手でヴェロニカの頬を覆う。

「体調はどうだ？」と尋ねられたので「元気です！」と即答した。

「そうか。よかった」

すりすりと頬を撫でられる。透き通ったアメジストの瞳は、壁掛けランプの薄明かりしかないバルコニーであってもきらきらと輝いている。

胸が高鳴りはじめたのは、ずっと見つめられているせい。その美しさに魅了されて、息をするのを忘れそうになる。

「あ、あの……ニコラス様は？　お疲れではございませんか？」

「平気だ。きみに会えば回復する」

胸の高鳴りがもっと大きくなる。彼はどうしてこう、嬉しい言葉をくれるのだろう。

――それにひきかえわたしは、全然気が利いたことを言えないわ。

ニコラスに会えて嬉しいのだと伝えたいのに、やはりすぐには言葉が出てこない。

「……眠れない、か？」

気遣わしげに訊かれた。ヴェロニカが小さく頷くと、ニコラスは表情を緩めた。

「きみはあのころからずっと変わらないな。きれいで、かわいくて、素直で……清廉だ」

あのころ――とは、五年前に出会ったころのこと。彼が寄宿学校の芸術祭で開いた彫刻教室がきっかけで、ニコラスと知り合うことができた。

この五年、彼と言葉を交わす機会は多くなかったが、初めからいまもなおずっとニコラスに惹《ひ》かれている。

彼は美しく、優しく、力強い。そばにいると安心する。それはきっと、ニコラスが甘やかしてくれるから。「きれいだ」「かわいい」と、褒めそやしてくれるから――。

「ヴェロニカ……」

肩を抱かれた。寄り添う恰好《かっこう》になれば、彼の雄々しさを感じずにはいられない。

胸板は厚くて広い。そしてなにより温かかった。

ずっとそうされていると眠気に襲われて、瞼《まぶた》を開けているのが辛くなる。

「眠くなってきたようだな？」

「は、はい……」

幼子さながら寝かしつけられているようで、くすぐったくなる。

「おやすみ。よい夢を」

「おやすみなさいませ」

ヴェロニカが瞼を擦ると、ニコラスは紅い髪を掬《すく》い、髪先にキスを落とした。

伏せられた長い睫毛《まつげ》に見とれていると、不意に目が合う。眠気が吹き飛んでしまいそうなほど、彼は美しかった。


よく晴れた空と優しい風は、挙式に臨《のぞ》むふたりと、参列する人々すべてを祝福しているようだった。

ドレッシングルームで純白のドレスに身を包んだヴェロニカは、大鏡に映る自分の姿を上から下まで何度も眺めた。

ウェディングドレスの全体にはダイヤモンドが散りばめられている。これは、金剛石の鉱山を多く所有するサリアナならではともいえる。そうでなければ、これほど多量のダイヤモンドを一度に、しかも短期間で手に入れることはできない。

このドレスは、古きよき伝統のスタイルをベースに流行のロングトレーンが合わせられている――らしい。

白いドレスに紅い髪は目立ちすぎるのではないかと不安だったが、髪結いの侍女が緻密に結い上げてくれたおかげでうまく調和している。

レースがいくつも組み合わされた半透明のヴェールにもダイヤモンドの粒があしらわれているから、少しでも歩けば光を反射して煌めく。

盛装したヴェロニカを傍らで眺めていたユマが口を開く。

「お美しいです、ヴェロニカ様！　そうそう、陛下はヴェロニカ様のウェディングドレスのデザインに合わせてご自身の服をお決めになったそうですよ！　陛下は本当、ヴェロニカ様を第一に考えてくださっていますよねぇ〜」

そこへ部屋の扉がノックされた。廊下のほうから「入っても？」というニコラスの声が響く。

その場にいた若い侍女たちがざわつく。国王が花嫁のドレッシングルームを訪ねてくるなど、だれも予想していなかった。ヴェロニカもそうだ。

「お早くお返事をなさったほうがよいかと」と、そばにいた老年の侍女が言った。

「は、はい！　どうぞ」

慌てて声を上げれば、扉が開いてニコラスが姿を現す。ヴェロニカをはじめ、ニコラスを見るなり皆が「わぁ」「素敵」と感嘆した。

彼が着ている白い上着にはダイヤモンドを象《かたど》った地模様が描かれ、襟や袖にはヴェロニカのドレスと揃《そろ》いの装飾――花綱文様――が施されていた。

トラウザーズと編み上げのブーツもまた曇りのない純白である。彼の紫眼をいっそう美しく引き立て、見る者すべてを虜《とりこ》にする。

ニコラスは脇目も振らず、こちらへ向かってまっすぐに歩いてくる。

彼は端的に言葉を発してヴェロニカの手を取り、その甲にくちづけた。とたんに頬が熱くなり、舞い上がる。

「至上の美しさだ」

――至上だなんて……！　わたしよりもニコラス様のほうがずっとずっときれいだわ。

それなのに彼はふだんと変わらず――いや、それ以上に褒めたたえてくれた。その優しさが身に染みる。

「行こうか」

ヴェロニカは「はい」と答えて、彼の左肘に右手を載せる。

初めの一歩が重く感じる。ウェディングドレスは重厚だから、ふだんよりも少し歩きづらい。このウェディングドレスを仕立てるのにも、着付けるのにも多くの人が関わって、力を貸してくれている。

ドレスの重みに見合った振る舞いができるように、ヴェロニカは背筋をぴんと伸ばしてニコラスの斜め後ろを歩く。

王女とは名ばかりで、だれの役にも立てていないのではと思うこともあった。

――けれどこれからは、違うわ。

ニコラスのそばで、彼が喜ぶ姿を見たい。しいては王妃として、皆の幸福のために尽力したい。

結婚という形で夢と希望を与えてくれたニコラスに、抱きつきたい衝動に駆られた。

「……うん？　どうかしたか」

どうやら彼のことばかり見つめてしまっていたらしい。ニコラスは歩調を緩めて優しい視線を向けてくれる。

「い、いいえ。その……ニコラス様、素敵です」

すると彼はなにを言うでもなくほほえみ、ふたたび歩きだした。

挙式が執り行われる教会はサリアナ城の敷地内にある。侍女たちにロングトレーンを支えられながら、すでに多くのゲストが集う教会に到着した。

雲ひとつない青空が、白亜の教会をいっそう美しく見せる。

司祭が待つ祭壇まで、ニコラスとともに歩みを進める。迷いのない足取りに、ヴェロニカは力強く導かれる。

司祭の前にふたり並んで立つと、いっそう厳かな雰囲気となった。

「――では、誓いの言葉を」

司祭の声のあとすぐニコラスはこちらを向いた。ヴェロニカもまた体ごと彼と向き合う。

ニコラスの顔には珍しく緊張感が滲《にじ》んでいた。

「愛するヴェロニカと、一生を添い遂げる」

儀礼に則《のっと》った言葉とはいえ嬉しい。いまだけは、彼に愛されている勘違いをしていたい。

――いいえ、いまだけじゃ……ないわ。ニコラス様に、心から愛してもらえるように頑張るのよ！

「わたしも……陛下を、愛しております。一生涯、おそばに」

声が震えてしまう。愛されたいという意気込みはすべて緊張に変わってしまったらしい。

ニコラスの喉元がごくりと動くのがわかった。ヴェールを退けられる。

そうだ、これから誓いのキスをする。わかっていたことなのに、急に心臓が早鐘を打ちはじめた。

両肩をそっと摑まれる。彼の美貌が間近に迫る。ドッドッドッドッ……と、胸はもう限界まで脈打っている。

いまだかつてないくらいそばにアメジストの双眸《そうぼう》がある。眩《まばゆ》く思えて目を閉じれば、ほんの一瞬、触れるだけのくちづけをされた。

ニコラスはすぐに離れていった。彼の頰は紅潮しているように見える。教会内にはたくさんの人々が集っているから、暑いのかもしれない。

ふたたび司祭のほうを向く。頭がぼうっとしてしまうのは、彼とキスをしたからなのか、あるいは大勢から注目されて緊張しているせいなのか。どちらにせよ、ヴェロニカの胸はずっと忙《せわ》しなく脈を打っていた。

挙式のあとはウェディングドレスを別のものに着替えて晩餐会に出席する。晩餐会用のドレスは挙式時のものより格段に動きやすかった。歩みを進めれば、何層にも重ねられたレースが軽やかに踊る。

ニコラスは晩餐会のあいだじゅうヴェロニカに付き添ってくれた。

顔と名前が一致しない貴族もいたのだが、ニコラスがさりげなく呼びかけたり、その貴族がどういったことに関わっているのか話題に上げたりと、気遣ってくれたおかげで滞りなく晩餐会を終えることができた。

そしていよいよ初夜を迎える。湯浴みのあと髪を梳《す》いてもらい、ナイトドレスに袖を通す。

私室の壁に造りつけられた大鏡に映る自分の姿を、ヴェロニカは何度も見まわした。

「ユマっ？　このドレス……すっ、透けているわ」

「はい、透けておりますね。けれど大切な箇所にはきちんと刺繍が入っておりますので！」

ドレス生地は全体が透けているが、胸元や下半身には蔓《つる》模様の刺繍が施されていた。

「上品ながらも色っぽいということで、貴族の方々のあいだでもこういったナイトドレスは人気があるそうですよ」

満面の笑みのユマだったが、戸惑っているヴェロニカを見て困り顔になる。

「もしかしてお嫌でしたか……？」

「えっ⁉　い、いいえ！　大丈夫。ありがとう、ユマ。いろいろと調べて、こんなに……素敵なナイトドレスを用意してくれて」

「はい！　ヴェロニカ様はどんなお召し物でも陛下をメロメロにできるとは思っておりますが、いっそう確実になるかと！」

ヴェロニカはおもむろに頷く。

昨晩、バルコニーでは「そばにいられれば幸せ」と考えてしまったが、当初の目的を忘れてはいけない。国益とは関係なく、ひとりの女性として愛してもらいたいのだ。

「ガウンはどうされます？　戦略としては、しっかり着込んでいるのでも、ちょっと着崩してチラ見えしているのでも――どちらも魅力的だと思います！」

「ええと……しっかり着込むわ」

「かしこまりました。ギャップを狙う作戦ですね！」

白いナイトガウンの腰紐《こしひも》をきちんと結び、ナイトドレスを隠す。

作戦もなにも、とにかく恥ずかしいから隠したいという気持ちのほうが先に立っているのだが、熱心に尽くしてくれているユマに本音は言えなかった。

「それではヴェロニカ様、行ってらっしゃいませ！」

ぺこりと頭を下げて部屋を出ていくユマを見送ったあと、ヴェロニカは「すう、はあ」と深呼吸を繰り返した。

これから自分がなにをすればよいのか、具体的なことはなにもわかっていない。

閨の講師は「すべて陛下にお任せを」と言っていたが、ヴェロニカ自身がなにもしなくていいわけでは——ないはずだ。

ニコラスの寝室へと続く内扉の前に立つ。これからのことが少しも想像できないせいか、扉を叩くのがためらわれる。

——でも今日は夫婦となって初めての夜なのだから！

できるだけ長い時間、彼と過ごしたい。まごついているのは時間の無駄だ。

意を決して控えめに内扉をノックすると、すぐに扉が開いた。

驚きのあまり「ひゃっ」と叫んでしまう。ふたりの寝室を繋《つな》ぐこの内扉に鍵はないが、開くのは今日が初めてだった。

「すまない、驚かせたか？　ちょうどいま迎えにいこうと思っていた」

柔らかくほほえむニコラスの麗しさにほれぼれする。彼はヴェロニカと同じように純白のナイトガウンを着ていた。

昼間や晩餐会での盛装とは雰囲気がまったく違う。大衆の前で彼はいつも国王然としているが、いまは親しみのあるほほえみを浮かべている。

初めて立ち入るニコラスの寝室は、雑多なものは一切なく、すっきりとしていた。物が少ないからこそ、天蓋つきの大きなベッドが目に留まる。ベッドを見ただけで、なぜかどきりとしてしまう。

「なにか飲むか？」

ローテーブルにはワインボトルとグラス、それからチーズの盛り合わせが置かれていた。

「では少しだけ……あっ、お注ぎします」

なにもかも初めてだからか緊張する。ヴェロニカはワインボトルの栓を抜こうとしたが、まごついてしまってうまくいかない。

するとニコラスは小さく笑って、ヴェロニカの手に大きな手のひらを重ねた。彼に誘導されて、ボトルのコルクを抜く。

「あ……ありがとう、ございます」

触れ合っている手が熱い。ひとりで栓抜きができなかった恥ずかしさのせいか、全身が沸き立つようだった。

ヴェロニカはこっそりと深呼吸をしてからグラスにワインを注ぎ、ニコラスへ渡した。

「ありがとう」と言いながら、彼もまたヴェロニカがしたのと同じようにワインを用意してくれる。ふたりはソファに並んで座る。

赤いワインが入ったグラスを掲げて目を細めるニコラスを見て、またしても胸がドキッとする。

グラスの端と端を合わせて、ワインを呷《あお》った。ワインはまだほんの一口しか飲んでいないのに、頭がぼうっとしてくる。

それはきっと、熱い眼差しを受けているから。ニコラスはグラスをローテーブルに預けてヴェロニカに体を寄せる。

「……赤い」

慎重な手つきで頬に触れられる。これまでだって、こうして頬を撫でられることは何度もあった。それなのに、いま初めて触れられているかのように彼の手を意識してしまう。彼の手に擦られている箇所がどんどん熱くなる。自分の顔が先ほどよりももっと赤くなっていることが、鏡を見ずともわかる。

「酔ってしまった？」

耳元で、低い掠《かす》れ声で訊かれ、どうしてか足の付け根がトクッと音を立てる。

「そう……かも、しれません」

ヴェロニカが答えれば、ニコラスはすっと立ち上がって壁際へ歩き、グラスに水を注いで戻ってきた。

「お、恐れ入ります」

上ずった声を出しながらグラスを受け取る。恐縮しきっているせいか、水が口から零れてしまった。なんという体たらくだろう。緊張しきりで、なにもかもがおぼつかない。

「……飲ませてあげよう」

ニコラスはヴェロニカの手から優しくグラスを掠めとり、水を口に含んだ。いっぽうヴェロニカは、彼がなにをするつもりなのかまったく予想がつかない。

――ニコラス様は本当になにをしていても優美だわ。

彼がグラスをローテーブルに置くのをうっとりと眺めていた。

両頬を手のひらで包まれ、やんわりと上を向かされる。曇りのないアメジストに囚《とら》われたまま、唇が重なった。

「ん……！」

挙式のときに交わした軽いキスとはまったく違う。彼の唇の感触をまざまざと感じる。

水が口から滴るのがわかった。

焦りと同時に、これまでに経験したことのない疼《うず》きを覚える。緊張感とは異なる、どこか甘やかで気持ちがよい――そんな感情の高まりだった。

口から零れた水が顎を伝い、胸のほうへと落ちていく。そうしてヴェロニカは、ナイトガウンの下に着ているドレスのことを思いだした。

彼に愛されるためにはこのドレスを見てもらわなければと、ヴェロニカは気を昂ぶらせたまま使命感を滾《たぎ》らせる。

ニコラスの唇が離れたあと、ヴェロニカは大きく息を吸い込み、ナイトガウンの腰紐《ひも》に手をかけた。

蝶結《ちょうむす》びになっていた紐を解き、襟を左右に割ってナイトガウンを肩から落とす。

ナイトドレスの内側で乳首がつんっと尖《とが》り、その存在を主張していた。

ナイトガウンを脱いだヴェロニカを見て、ニコラスは瞬《まばた》きもせず固まる。

それまでとは打って変わり、彼はひどくうろたえたようすで眉間に皺《しわ》を寄せ、口元を押さえて目を逸らした。

いつも完璧で隙のないニコラスだからこそ、動揺しているのがよくわかる。

――わたし、そんなに……見るにたえない恰好だということ⁉

羞恥とショックがないまぜになって襲ってくる。そのせいで全身が小刻みに震えだした。

そしていまになって、閨指導の講師が言っていたことを思いだす。

あの世へ逝くと錯覚するほど、破瓜は痛むのだと――。

未知なるものへの恐怖心がますますヴェロニカの体を震えさせる。

怯《おび》えるように戦慄《わなな》くヴェロニカに、ニコラスはナイトガウンを羽織らせた。それから、どういうわけかクッションを自分の膝の上に載せる。

そのあいだずっと視線が合わなかった。

互いに押し黙る。

ヴェロニカはナイトガウンの襟をぎゅっと握り込んで俯《うつむ》いた。

「婚約を申し入れた次の日にサリアナへ連れてくるというのは、やはり強引だったと反省している。それから挙式までのあいだも、ヴェロニカはずっと慌ただしかっただろう。心の準備をする時間が足りなかったはずだ」

彼はなにを言いたいのだろう。

真意を掴むべく、ヴェロニカはニコラスの言葉に耳を澄ます。

「だから私は――きみが心を許してくれるまで待つ」

「心を、許す……？」

「そうだ。そうすればきっと、怖くない。こんなに震えないはずだ」

「この、震えは……その」

ナイトドレスが似合っていなかったらしいことと、破瓜というものが恐ろしくて仕方がないから震えてしまうのだと、言ってもよいのだろうか。

――怖がっていると知られたら、よけいにうんざりされてしまうかも……。

ヴェロニカは口を噤《つぐ》んで目を伏せる。

「いいんだ。無理はしてほしくない。時間をかけてじっくりとわかりあえばいい。私たちはきっと、もっと互いを知る必要がある」

「お互いを、知る――」

思えば、彼がどんな食べ物を好むのかすらまだわからない。

「知りたい、です。ニコラス様のこと」

陛下が導いてくださるという閨指導の講師の言葉が脳裏をよぎった。彼の言葉に従っていればすべてうまくいくはずだ。

顔を上げて彼の目を見ようとするが、ニコラスはヴェロニカではなくローテーブルのほうを向いていて、いっこうにこちらを見てくれない。

紫色の美しい双眸はずっと別のものを捉えている。

――どうして目を合わせてくださらないの？

これまでは、いつだって真正面からわたしを見てくれたのに……と、つい不満に思ってしまう。

彼のそばにいられるだけでも充分すぎるほど幸せだというのに、贅沢《ぜいたく》だ。

「今日は、もう……眠ろう。疲れただろう？」

その言葉に頷けば、ベッドへ誘導された。ニコラスはそばにいてくれるものの、どこかよそよそしい。

――わたしは失敗してしまったのだわ。

ユマをはじめ、支度を手伝ってくれた侍女たちに合わせる顔がない。自分はどうしてこんなにも不甲斐ないのだろう。

鼻の奥がつんと疼く。ヴェロニカは潤んだ瞳を隠すように目を閉じた。

第二章　舞踏会の夜

　薄雲の隙間から昇る太陽《ひ》を、ヴェロニカは私室の窓辺でぼんやりと眺めていた。

「おはようございます、ヴェロニカ様！　初夜はいかがでした——って、大丈夫ですか⁉

お顔色が悪うございますよ」

　窓辺に佇《たたず》むヴェロニカの顔を見るなりユマは血相を変えて、ティーワゴンで紅茶の準備を始めた。

「そんなに激しかったのですか……？」

　ティーカップをテーブルの上に置くと、ユマは頰を染めて訊いてきた。ヴェロニカはぶんぶんと首を振る。

　ヴェロニカはソファに座り、ティーカップのハンドルをつまみながら「それが——」と言葉を濁した。

「せっかくのナイトドレスだったのに、わたしには着こなせなかったみたい……。ごめんなさい、ユマ。心を込めて用意してくれたのに、わたしのせいで」

「そんなっ、とんでもない！　うーん、むしろちょっと刺激が強すぎたのかもしれませんね……」

ユマはそう言ってくれたが、目も合わせてくれない彼のようすから察するに、やはりよほど似合っていなかったものと思われる。

ため息をつきそうになるのをこらえて、ヴェロニカはユマに言う。

「それでね、ニコラス様は『もっとお互いのことを知る必要がある』とおっしゃるの」

「なるほど。段階的に進めていく必要がありそうですね」

ヴェロニカは頷いて、温かな紅茶を啜《すす》った。

扉の向こうからノックの音が聞こえたので「どうぞ」と言えば、クライドが顔を出した。

彼は飄々《ひょうひょう》としたようすで「おはようございます、急なお話ですが」と前置きして話しはじめる。

「陛下は公務が立て込んでおりまして。夜はとんでもなく遅くなるかと思いますので、一週間ほどはヴェロニカ様のお部屋で先に眠っていてほしいとのことでした」

「あ……わ、わかりました」

ヴェロニカはそう答えるのが精いっぱいだった。クライドが部屋をあとにしてから、もっと気の利いた発言をするべきだったと後悔する。

夜遅くまで公務に勤《いそ》しむ彼を労《いたわ》るような言葉を、すぐには思いつかなかった。

ひとりで眠るように言われたのは、本当は忙しいからではなく、ヴェロニカに魅力がないからでは――と、卑屈になってしまう。

そんな考えが頭に浮かんだせいで、ねぎらいの言葉が出てこなかったのだ。

その日の夜、ヴェロニカはクルネ国から持ってきていたクマのぬいぐるみをきつく抱いて眠りに就いた。

ニコラスから大切にされているのはわかる。公務で忙しいはずなのに、花や菓子を部屋まで差し入れてくれる。

もちろんニコラス本人ではなく侍従や侍女が代わる代わる運んできてくれるのだが、侍従たちは一様に「なにか足りないものがありましたらなんなりとお申し付けください」と言う。

――わたしに不便がないようにと、ニコラス様がご配慮くださっているのだわ。

彼の心遣いが嬉しい。際限なく優しくしてもらっているのに、なにも応えることができないのが歯がゆくなる。

ヴェロニカは目を閉じたままごろんと寝返りを打って考えを巡らせる。なぜ初夜は失敗してしまったのか。どう考えてもヴェロニカに原因がある。

あんなに震えてしまったのだ、怯えていると思われたに違いない。

実際、ヴェロニカは未知なる痛みに怯えていた。

知らないから、怖いのだ。

目を見開いて決意する。彼のことも閨のことも、もっと知る努力を――自発的に――するべきだと。

次の日。ヴェロニカはニコラスの使いでやってきた侍女に、サリアナ国の歴史に関する書物を持ってきてほしいと頼んだ。

ニコラスと話をして同じ時間を過ごすことが、彼を知るいちばんの近道だとは思うが、いまはそれができない。

――だったらせめて、サリアナのことをよく知るべきよ。

サリアナ国の政治経済やしきたりについても本来なら婚前に学ぶべきことだが、婚約から挙式までほとんど間がなかったため、ほんの軽い知識しかない。

彼が生まれ育ったサリアナ国のことを熟知できれば、彼との距離も縮まる気がした。

それからというもの、ヴェロニカは公務以外の時間を勉学に費やす。

元来、学ぶことが好きなヴェロニカは夜な夜な時間を忘れて書物を読みふけった。

「ヴェロニカ様！　ついに入手いたしました」

書き物机の前にいたヴェロニカのもとへユマがやってくる。ヴェロニカは「ありがとう！」と言いながら書物を受け取った。

表紙には『王妃としての振る舞い』と書かれている。この本には、閨でなにが起こるのか詳しく綴《つづ》られているのだという。

城の侍女や侍従には頼みづらかったので、閨に関するものだけはユマに調達してきてもらった。

ユマは持ち前の明るさでサリアナ城の侍女や侍従とすぐに打ち解け、あちらこちらから情報を集めてきてくれる。

ヴェロニカは夜更けまで読書をしていることも多々あった。

夜更かしはニコラスも同じだ。一続きになっているバルコニーから彼の部屋を窺《うかが》うと、寝室に明かりはなく、彼がいる気配もない。

夜遅くまで執務室にいて、公務に励んでいるらしかった。

――わたしも頑張らなくちゃ。

彼にもっと近づくため、ヴェロニカは勉学に勤しんだ。

そうして挙式から一週間ほどが経つ。

夕食と湯浴みを済ませて私室のソファに座り『サリアナ城のしきたり』という本を読んでいるときだった。

内扉からニコラスがやってきた。ヴェロニカは本をローテーブルに置いて立ち上がる。

「ニコラス様！」

ヴェロニカが表情を明るくすれば、ニコラスも同じように口元を緩ませた。

「サリアナについての書物を読み、よく学んでくれているとクライドから聞いた」

ニコラスはヴェロニカの肩を抱き、一緒にソファへ腰を下ろす。

「わかりづらいところはないか？」

「あ……あの、あります。この記述なのですけれど――」

ヴェロニカが書物を開いて指さすと、ニコラスは丁寧に説明してくれた。

「――なるほど、よくわかりました！　ありがとうございます」

彼はどこか物憂げな顔をして口を開く。

「書物を読むだけでなく、専門の講師をつけるほうがきみのためにはいいとわかってはいるんだが――」

彼は言葉を切ると、ヴェロニカの肩を抱いた。やんわりと頭を預けられる。

「きみが、私ではなく講師とばかり同じ時間を過ごすのは嫌だ」

やっと聞き取れる小さな呟《つぶや》き声だった。

右肩にあてがわれている彼の手にそっと触れてみる。

ニコラスはヴェロニカの顔を覗《のぞ》き込《こ》んだ。

「もっと互いを知るべきだと言ったのは私なのに、なかなか会えずにすまなかった」

「いいえ、とんでもないことでございます。お目にかかれなかったのは寂しかったですけれど、花やお菓子をいつもたくさんいただいて、足りないものはないかとご配慮くださって——ニコラス様のお優しさが身に染みております。本当にありがとうございました」

「ん……。きみは相変わらず欲がない」

指先で顎をくすぐられる。ヴェロニカは「ん」と短く声を上げた。

「そう、でしょうか……？　書物をたくさん所望してしまいました」

「私のため、だろう？　王妃としての振る舞いについての本も熟読しているとか」

「それは……」

彼のためと言うのはおこがましい気がする。本来ヴェロニカが婚前に備えておくべきものが不足していたから、補ったにすぎない。

「今日はまだ、眠らない？」

甘い声だ。ふたりきりのときにしかこういう訊《き》き方《かた》はされない。

彼にとって自分は特別なのではないかと、期待感が募る。

「私のほうの執務はあらかた片付いた。夜はこれまでよりも早く眠ることができる」

ニコラスは少しばつが悪そうに瞳を揺らした。

「ではまた一緒に眠っていただけますか？」

「きみがよければ」

「はい、ぜひ！」

嬉しさのあまり前のめりになってしまう。ニコラスは微笑してソファから立った。

ニコラスのあとに続いて彼の寝室へ行く。

閨での振る舞い方のページは繰り返し読んだから、具体的になにをどうするのか知識だけは充分すぎるほど培った。

——もう、なにがあっても大丈夫。

ふたりでひとつのベッドに入る。ヴェロニカはニコラスの腕を枕にして横向きに寝転がった。紅い髪をじっくりと撫でられる。

「ずいぶんと無理をしていたんじゃないか？」

連日の寝不足で黒ずんだ目元をそっと辿《たど》られた。ヴェロニカは「いえ」と否定する。

「ニコラス様に比べたら、わたしなんて」

すると彼は困ったように微笑して首を振り、ヴェロニカの額にくちづけた。

柔らかな唇がこめかみを通って頬へ、それから唇へと下りてくる。

軽く触れるだけのキスをされる。そうかと思えば、次はもっと深く唇を食《は》まれた。

——もしかしてこれから『深いキス』になる？

本で蓄えた知識どおり、舌が割り入ってきた。

「ん……っ」

舌と舌が絡まり合う。どういう状態なのかわかっているのに、本を読んで想像したのと実際とでは天と地ほどの差がある。

彼の舌は熱い。灼熱《しゃくねつ》を思わせるそれで、口腔《こうこう》を乱される。舌が上顎を這《は》いまわると、どうしてか脇腹のあたりがぞくぞくと震えた。

なにかいけないことをしているような気持ちが強くなる。下腹部がひとりでに脈づいている。

――こんなふうになってしまうなんて……本には書かれていなかったわ。

すべてを知った気になっていたことが恥ずかしくなるのと同時に、なにもかもが心地よくて頭の中がぼんやりとしてくる。

まるでゆりかごの中にいるようだった。眠りに落ちる寸前のまどろみを感じる。

ヴェロニカは眠気に抗《あらが》えず瞼を閉じた。


翌朝、ヴェロニカは、びゅうびゅうという風の音で目を覚ました。布団の中にいて温かいはずなのに、ぞくぞくと震えが走る。全身が重いのは、なぜだろう。

「おはよう、ヴェロニカ」

声がしたほうを振り向く。ニコラスは思案顔でヴェロニカの額に手を当ててきた。

「熱がある」

頭がぼうっとしているせいでうまく言葉を返せない。

「このままここで休んでいても私はかまわないが、きみの侍女には勝手が悪いだろうな」

ニコラスは心配そうに眉根を寄せて、軽々とヴェロニカを抱え上げる。

私室のベッドに下ろしてもらったヴェロニカは「お手を煩わせてしまい――」と、謝ろうとした。

ところが唇に人差し指を立てて遮られる。ニコラスはヴェロニカの唇を指で軽く押しながら「私がしたいだけだ」と言った。

「すぐに医者を呼ぶ。少し待っていてくれ」

その言葉どおり、城に常駐している医者が部屋へやってきた。

「過労でございますな。しっかり養生なされればすぐによくなられるでしょう」

医者がそう言うと、付き添ってくれていたニコラスは安堵したように小さく息をついた。

医者と入れ替わるようにしてユマが顔を出す。

「スープをお持ちしましたが、召し上がれそうですか？」

「ええ、いただくわ」

起き上がろうとすると、ニコラスが背に腕を添えて手伝ってくれた。

「私が介添えをしよう」とニコラスが言うと、ユマは笑いをこらえるような顔になりながら「恐れ入りますが、よろしくお願いします」と答えて彼にスープ皿を渡した。

「少しだけ失礼させていただきます。なにかございましたらお呼びくださいませ」

ユマはにやにやとした面持ちで頭を下げ、部屋を出ていった。

「どうか気兼ねなく」と前置きして、ニコラスは手ずからヴェロニカにスープを食べさせる。

「あの……ありがとうございます」

逞《たくま》しい腕に支えられて口にするスープは、これまで食べたどんなものよりも美味《おい》しく感じた。

熱はあるものの食欲は充分で、すぐにすべて平らげた。

ニコラスはヴェロニカをふたたびベッドに寝かせたあとで、壁掛け時計をちらりと見る。

「席を外すが、また戻ってくる」

彼は朝食がまだだし、議会や執務の予定がぎっしりと詰まっているはずだ。

「わたしは大丈夫ですから」

声を絞りだせば、ニコラスはどこか悲しそうに目を細めた。

「少しでもそばにいたい。私のわがままを許してほしい」

「わがままだなんて――」

むしろ彼に心配をかけていることが情けない。

ニコラスはヴェロニカの頬を辿り、部屋を出ていった。

しばらくすると眠気に襲われた。いつのまにか部屋に来ていたユマが額に冷たいタオルを載せてくれる。ヴェロニカは「ありがとう」と言いながら目を閉じた。

どれくらい時間が経っただろう。

ふと目が覚めれば、ユマの姿はなかった。額に載っていたはずのタオルもない。ぴちゃ……という水音に誘われるようにして横を向けば、ニコラスがボウルの上でタオルを絞っているところだった。

ヴェロニカはぼんやりと彼を見つめる。ニコラスは、絞ったタオルをヴェロニカの額に載せながら尋ねる。

「私がそばにいると落ち着いて眠れない……か？」

「いいえ、そのようなこと――けれど、お忙しいですよね？」

すると大きな手のひらを頬にあてがわれた。ニコラスの手は水を扱っていたせいか冷たい。発熱した体には心地よい冷たさだった。

「きみのようすを見にこなければ、ほかのことが手につかない」

ヴェロニカはなにも答えられず、両手で顔を覆う。

――なんてお優しいの！

「どうした？」

ふるふると首を振ることで顔と気持ちを押し隠そうとするものの、ニコラスがそれを許してくれない。

「忌憚《きたん》なく、なんでも教えてほしい。どんな小さなことでも」

彼の声音は優しくて、なにもかも包み込んでくれるよう。心がじわりと温かくなる。

ニコラスは仕草や眼差しでも話しやすい雰囲気を作ってくれる。右手を両手で握り込まれ、アメジストの瞳で穏やかに見つめられた。

「早く良くなって、ニコラス様に無用な心配をおかけしないようにと思っております。でも……そばにいてくださることが、嬉しいのです。なかなか一緒に、いられなかったから」

彼は目を瞠《みは》ったあと、相好を崩してヴェロニカの頬をふたたび手で覆う。

「健気《けなげ》な新妻だ」

ぼそりと紡がれたその言葉の響きに、ますます熱が上がる。

挙式からまだ一週間しか経っていないせいか、彼の妻だという自覚があまりなかった。それを、低く甘い声で実感させられた。

ヴェロニカは笑みを返して、そっと目を閉じた。

その後もニコラスは忙しい公務の合間を縫って献身的に介抱してくれた。

夕方には熱が下がり、調子が戻ってくる。ニコラスはヴェロニカの部屋で一緒に夕食をとった。

「さあ、ヴェロニカ。もう一眠りしたほうがいい」

「もう熱は下がりましたから」

「油断は禁物だ。しっかり養生するようにと、医者が言っていただろう」

食事のため椅子に座っていたヴェロニカを抱え上げたニコラスは、しっかりとした足取りでベッドへ歩く。

――今朝もそうだったけれど、わたしを抱えていても平気で歩かれる。ニコラス様は逞しくていらっしゃるわ。

彼の厚い胸板を意識したせいか、退《ひ》いたはずの熱が込み上げてくる。

「頬が赤らんでいる。また熱が上がってきたのでは？」

ニコラスはヴェロニカをベッドに下ろすと、心配そうに表情を曇らせた。

「い、いえ、あの……本当に大丈夫ですので」

しどろもどろになりながら答えたからか、ニコラスは納得していないようすで浮かない顔をしている。

ヴェロニカは思わず、お気に入りのクマのぬいぐるみを抱きしめた。

「……今朝からずっと気になっていたのだが。そのクマは贈り物か？」

「はい。去年のお誕生日に、お兄様からいただきました」

そうしてヴェロニカはぬいぐるみのクマに頰を寄せる。

「ふうん」と、彼はいつになく気のない相槌を打ち、クマに鋭い視線を向けた。あまりの威圧感に、ヴェロニカのほうが縮み上がる。

「あ、あの……?」

ヴェロニカが萎縮していることに気がついたらしいニコラスは目を見開いたあとで「すまない」と謝った。

「そんなにぬいぐるみとくっついていたのでは、また熱が上がるのではないか。もっと遠くへ」

ニコラスはクマのぬいぐるみをそっと取り上げる。それから、ヴェロニカの頰に触れるだけのキスをした。


書斎で公務に励むヴェロニカのもとへ、ニコラスの兄エドガーから面会の申し入れがあった。

ニコラスとエドガーは双子の兄弟で、どちらが王位を継ぐのかで揉《も》めていたのだそうだ。

王位の継承はエドガーが優位だったそうだが、サリアナ前国王の判断でニコラスが王となり、エドガーは宰相として彼を支えるということで表面上は和解しているのだとアランから聞いた。

コン、コンと書斎の扉がノックされ、エドガーが現れる。

「ごきげんよう。挙式の晩餐会以来ですね。発熱なさったと聞きまして、見舞いにまいりました」

大きな花束を両手に持ち、エドガーがほほえむ。

双子とはいえニコラスとエドガーはそれほど似ていない。エドガーの髪は黒く、瞳は薄茶色だ。面立ちや声はニコラスに近いものがあるが、どうも軽薄な印象を覚える。

そのせいでヴェロニカはエドガーのことが少し苦手だった。

ヴェロニカは笑みが引きつらないよう気をつけながら花束を受け取る。

「ありがとうございます。もうすっかり熱も下がり、元気になりました」

「それはよかった。ですがなにか困ったことがあればおっしゃってくださいね。私でよければ力になりますよ。ヴェロニカは私の義妹でもありますから――と、失礼。ヴェロニカと呼ばせていただいても？」

「え、ええ……」

親しみやすいと言えば聞こえはいいが、片手で数えるほどしか会ったことがないというのに、いやに距離感が近い。

エドガーがソファに腰を下ろしたので、部屋にいたユマが紅茶を淹れて彼の前に差しだした。エドガーは当然のごとくティーカップを手に取り紅茶を啜る。

ヴェロニカはその向かいに座ったものの、ユマに目配せをして「わたしのぶんの紅茶は要らない」と訴えた。ユマが小さく頷く。エドガーと長話をするつもりはないのだと、きちんと伝わっている。

エドガーはしばらく「今日はいい天気ですね」だとか「サリアナにはもう慣れましたか」だとか、あたりさわりのない話をしていた。

「ところでヴェロニカはご存知ですか？　私ではなくニコラスが王位を継いだ理由を」

「いいえ、存じません」

「ニコラスは一見、真面目に見えますが実のところ策士なのですよ。汚いやり方だって厭《いと》わない。王位を手に入れるためにはどんなことだってするやつです」

エドガーの言葉に相槌は打たず、ヴェロニカは質問を返す。

「王位は先王陛下からのご指名だったのですよね？　はっきりとした理由を先王陛下はおっしゃったのでしょうか」

「いいえ。父上は多くを語らない方ですから」

「ではニコラス様が王位を継承なさった理由はだれにもおわかりにならないということですね？」

ヴェロニカが淡々と言えば、エドガーは一瞬だけ唇を引き結んで「ええ、まあ」と答えた。

「本当にすっかりお元気なごようすで、なによりです。それでは……私はこれで」

エドガーは飲みかけの紅茶を残して部屋を出ていった。

ユマはティーカップを片付けながら話す。

「こう言ってはあれですが。エドガー様って、物腰は柔らかいですけどなぁんか嫌味で、信用ならないです」

「ええ……。やっぱりあのお方は苦手だわ」

「私もです」と、ユマは何度も頷いた。

「それよりも、ヴェロニカ様！　陛下との心の距離は縮まりました？」

ユマからの急な問いかけに驚きながらも、ヴェロニカは一人掛けのソファに座り、この一週間を顧みる。

サリアナについてわからないところを教わり、発熱の看病までしてもらった。優しく寛大なニコラスには本当に頭が上がらない。

そしてやはり、彼のすべてが魅力的だと思った。

「心の距離が縮まったのかどうかわからないけれど……わたしは、ニコラス様のことがもっと好きになっているわ」

するとユマは「それはようございました！」と、はしゃいだようすで破顔した。

「裏を返せば陛下もまたヴェロニカ様をますます好きになっていらっしゃると思います。だって、あんなにかいがいしくヴェロニカ様をお世話なさるんですよ⁉　もう、ほほえましくてずっと顔がにやけちゃいました」

「ニコラス様はお優しいから」

「ヴェロニカ様限定だと思いますけどね。ともあれ、陛下をメロメロにしちゃおう作戦は次のステージへ、ですね！　さっそくですが、こういったドレスはいかがでしょう⁉」

いったいどこに隠し持っていたのか、ユマがデザイン案をずいっと差しだしてくる。

公務に勉学にと忙しかったので、ドレスのデザインはユマに一任していた。

「正直、ヴェロニカ様はいつも詰め襟のドレスですから……物足りないのです。もっとこう、バーンとお胸が出ているデザインも絶対によくお似合いになります！」

「そ、そうかしら……」

ユマの勢いにたじろぎつつデザイン画を見る。

「半月後の舞踏会に、いかがでしょう？」

「えっ、ええ……すごく、いいと思うわ」

デザイン画のドレスが自分に似合うのかどうかわからないものの、胸元がすっきりと開いた紅いドレスは新鮮で魅力的だった。着てみたいという気持ちが強くなる。

「決まりですね！　仕立て屋に連絡してまいります！」

部屋から飛びだしていくユマを、ヴェロニカは胸を高鳴らせて見送った。


半月が経ち、サリアナ城で建国記念の舞踏会が催される。

ヴェロニカは胸元が大きく開いたドレスでダンスホールへ向かった。

詰め襟のドレスばかり着ていたものだからどうにも落ち着かないが、ユマは「とてもよくお似合いです！」と励ましてくれた。

背筋を伸ばして堂々と振る舞わなければ、紅い生地にチューリップと小花のレースが重ねられた瀟洒なこのドレスに見劣りしてしまう。

そして、傍らでエスコートをしてくれているニコラスの足も引っ張ることになる。

今宵の彼は、黒地にパルメット柄の細やかな銀刺繍が施されたジャケットを着ていた。微笑を湛《たた》えて歩く姿は、得も言われぬ美しさを誇っている。

サリアナ城のダンスホールは、建国を祝うために集った多くの貴族たちで活気づいていた。ホール内の壁には国章が入ったタペストリーが掛けられているので、いつにもまして華やかだ。

ヴェロニカとニコラスは注目を集めながらダンスホールの中央へと歩く。楽団の奏者がそれぞれの楽器を構えるのを横目に、ニコラスから手を取られ腰を抱かれた。

穏やかなワルツに乗ってステップを刻みはじめる。結婚して初めて彼と踊るからか、そわそわして落ち着かない。

重ね合わせている手が熱くなり、頬や耳がじいんと疼く。

いつも輝かしい彼が、いっそう燦然《さんぜん》としているように見える。煌々《こうこう》としたシャンデリアの光を受けたニコラスは、この場にいるだれよりも眩い。

「今夜のドレスはふだんと違うな」

周囲には聞こえないようなごく小さな声でニコラスが言った。とたんにヴェロニカはどきりとする。

「はい、あの……いかが、でしょうか」

ドキドキしながら尋ねたせいで声が震えた。

ニコラスは衆目から隠すようにヴェロニカの腰をきつく抱く。それまでよりももっと、互いの距離が近くなる。彼が短く息を吸うのがわかった。

「似合っている、とても」

ヴェロニカは破顔したものの、彼の口調に違和感を覚える。いつもの柔らかさがなく、むしろ凄みすら感じる。彼はほほえんでいるが、その表情はどこか硬い。

「ニコラス様は、こういったドレスはお好みでしょうか？」

思いきって訊いた。『似合っている』のと『好みに合っている』のは別物だ。

彼の好みについて、もっと早く尋ねるべきだとわかってはいた。ところがなかなか勇気が出なかった。

本当は紅い髪も嫌いで、なにもかも彼の好みからは外れていると言われたらどうしよう——と、なんの根拠もないマイナスの妄想に囚われる。

彼の答えを聞くのが急に怖くなり、ドクドクと胸が鳴る。顔を強張《こわば》らせるヴェロニカに、ニコラスは美麗な面を近づけた。

「好きだ」

切なげな表情とともに発せられたその言葉に全身が震える。ぶわ……と感動が込み上げ、喜びが押し寄せてくる。

——わたしのことを好きだとおっしゃったわけでは、ないわ。

ニコラスはあくまでドレスのことを言っていると、自覚はあっても嬉しかった。

ユマが準備してくれたこのドレスは彼の好みに合っているのだと、いますぐ報告に行きたいくらいだが、彼と踊っているこの時間も楽しまなければ——。

ヴェロニカは夢見心地でうっとりとニコラスを見上げ、ステップを踏んだ。

楽団がワルツを奏でるのをやめても、ニコラスはヴェロニカを放そうとしなかった。

「ニコラス様？」

そっと尋ねれば、彼はほんの少しだけ目を見開いてヴェロニカを解放した。

応対する。

「素敵なダンスでしたね」と、老年の公爵夫妻が話しかけてくる。ニコラスはにこやかに
しだいに話題は込み入った話になる。

――わたしには難しい話だけれど、きちんと聞いていなくちゃ。

ニコラスと公爵の小難しい話を自分なりに理解しようとしているときだった。

「ヴェロニカ。私とも踊ってくださいますか」

突然、エドガーに声をかけられたヴェロニカは目を瞬かせてしばし固まる。

「いえ、いまは――」

ちらりとニコラスのようすを窺えば、いつのまにか小難しい話は終わっていた。

楽団がまたワルツを奏でようとしているからか、公爵はニコラスに「私の妻と一曲お願いできますか」と誘う。ニコラスは「もちろん」と答えて公爵夫人の手を取った。

――尻込みしている場合ではないわ。これも務めよ。

苦手だからという理由でエドガーと踊らないわけにはいかない。ひとつの舞踏会で二曲までは踊るべきだと『サリアナ王妃としての振るまい』に書かれていた。

「よろしくお願いいたします」

エドガーの手を取り、ダンスの姿勢になる。ほどなくして軽快なワルツが流れだす。

「ずいぶんと大胆なドレスをお召しですね」

「ニコラス様には、似合っているとのお言葉をいただきました」

「ええ、そうですね。とてもよくお似合いですよ」

エドガーが目を細める。その笑みにはどうしてか嫌悪感を覚えてしまう。

——早く終わってほしい。

ニコラスと踊ったときよりも一曲が長い気がする。

いや、楽団は一曲が同じ長さになるようワルツを奏でているはずだ。長いと感じるのは、エドガーと踊るのが苦痛なせい。

やっと一曲が終わる。

ヴェロニカはエドガーにお辞儀をしたあと、ニコラスの姿を捜した。

「王妃様、次は私と一曲いかがでしょうか」

「いえ、ぜひ私と」

複数の男性から声をかけられたヴェロニカは、適切な応対方法がわからずに慌てる。

「今宵はもうだれとも踊らない」

低い声がすぐそばで聞こえた。ニコラスはヴェロニカの肩を抱き、冷めた表情で男性たちを一蹴した。

「以後は私と挨拶まわりだ」

ニコラスに見おろされたヴェロニカは「はい」と即答する。

——舞踏会で踊るのは二曲でよいのだもの。そのあとは社交に励むほうがいいに決まっているわ。

そのあたりをニコラスはよく心得ているのだろう。さすがだと感心しながら、ヴェロニカはニコラスと一緒にゲストたちと言葉を交わした。


円月が天高く昇るころ、建国記念の舞踏会は閉幕した。

ヴェロニカはニコラスと一緒にダンスホールをあとにする。舞踏会のゲストに挨拶をしているときからずっと、いまもなおニコラスに肩を抱かれている。

ニコラスは無言で彼の寝室へ直行する。ヴェロニカはただついていくばかりだ。

彼が寝室の扉を閉めるのを見届けたヴェロニカは、大きく息を吸い込む。

「あ、あの……抱きついても、いいですか？」

挙式の日にもそんな衝動に駆られたが、実行はできなかった。彼とくっつきたくてたまらなくなる。

彼とは同じベッドで眠っているものの、髪や頬を撫でられるだけで、体を密着させることはなかった。

先ほどからニコラスの表情はどこか浮かない。心と心に距離が空いてしまっている気がして不安なせいもあって、ぴたりと抱きつけば距離が縮まる気がした。

「……ああ」と、ニコラスは抑揚のない声で答える。

彼の背にそっと腕をまわす。隙間のないように体を寄せる。柑橘系《かんきつけい》の、爽やかで甘い香りがした。彼の胸は広く、温かく、そして硬い。

抱き返してもらいたかったわけではない。ただ、抱きつきたかった。ヴェロニカはすっかり満足して彼から離れようとする。

ところが急にぎゅっと腰を抱かれた。

彼の勢いに押されるようにして、背中が扉に当たる。

ニコラスは片手を扉にあてがい、ヴェロニカを囲い込む。

見上げれば、壁掛けランプの光の加減で彼の顔に影が落ちていた。だからなのか、どこか憤然としているように見える。

恐ろしくはないものの、蛇に睨《にら》まれた蛙《かえる》のように動けなくなる。

ヴェロニカが動揺していることに気がついたのか、ニコラスは小さく眉根を寄せた。物憂げな雰囲気を纏った麗しい顔が近づいてくる。

「きみは私に心を許しているか？」

白金の髪がさらりと揺れる。間近に迫った至上のアメジストに、ひたすら魅入る。

「も、もちろんでございます」

美しさに気圧《けお》されて、上ずった返事になってしまった。

彼の紫眼から目が離せない。深く囚われて、瞬きすらできなかった。

「では――きみのすべてを貰《もら》うとしよう」

低い声にぞくりとした直後、視界がぼやけた。唇に柔らかなものを押し当てられる。

「んっ、ふ……！」

焦点が合わなくなったのは、彼の顔がすぐそばにあるから。

キスされているのだと遅れて気がつき目を瞑《つぶ》ると、唇と唇がいっそう深く重なった。

くちづけの角度が変わるたびに胸の鼓動が大きくなるようだった。体が、なにかに期待している。全身が甘やかに焦れてくる。

「んく、うぅ」

ほんの少しだけ唇が離れたすきに息が漏れた。恥ずかしいと思うのに、彼が背や脇腹のあたりを撫《な》で上げるものだからどんどん艶《なまめ》かしい声が溢《あふ》れる。

くすぐったさの向こうに心地よさがあった。大きな手のひらで何度も撫でられると、しだいに心地よさのほうが際立つようになってくる。

――ニコラス様の手、好きだわ。

大きくてがっしりとした彼の両手が首筋と肩を這う。素肌に触れられたからか震えが走る。それは悪寒とは真逆で、むしろ快い震えだった。

もっと触ってほしい、ドレスで隠れているところもすべて——と、そんなことを考えてしまったあとでまた羞恥心が膨れ上がる。

もうずいぶんと長い時間、飽くことなくキスを交わしている。彼の唇の柔らかさと熱が、口だけでなく胸にも響いてきて、温かさに包まれる。

「あ……」

互いの唇を深く食み合うくちづけが終わって彼を見上げれば、強烈に求めてくるような熱っぽい視線を受けて、心も体も焦がれたように切なくなった。

ニコラスは赤い舌を覗《のぞ》かせてヴェロニカの唇をぺろりと舐《な》め上げる。

「ひゃ、あ」

突然のことに驚いていると、彼の舌は鎖骨を通って胸のほうへと下りていった。

手で肌をなぞられるだけでも気持ちがよかった。それなのに舌で辿られて、ますますのぼせる。

肉厚な舌のざらつきを感じながら、ヴェロニカはふと気がつく。

「あ、あの……ニコラス様。わたし、湯浴みがまだ……です。清めなくては」

するとニコラスは舌を引っ込めて、ヴェロニカの耳元に顔を寄せる。

「きみはいつも清らかだし、こんなに芳《かぐわ》しい」

吐息とともに伝わってきた低い囁き声に、全身が悦《よろこ》ぶようにぞくっと反応した。ふたたび素肌を舐められる。

剝《む》きだしの谷間に舌を挿し入れられた。柔肉を押し広げるように、ニコラスは舌を右へ左へと蛇行させる。

「ふぁ、あっ……あぅ」

獰猛《どうもう》な舌はしだいに乳房の中心へと近づいていく。薄桃色の部分はドレスとコルセットに隠されているが、ニコラスは無理やり舌を潜り込ませる。

「やっ……ぁっ……？　あ、そこ……うぅ、ふぅっ……」

乳輪を、まるで抉《えぐ》るように舌で強く辿られる。胸の先端が張り詰めるのがわかった。

――気持ちいい……！

いまだかつて出会ったことのない感情と感覚が次々と込み上げてくる。

王妃の振る舞いについて本に書かれていたことはすべて頭から抜けて、目の前のことで手いっぱいになった。

彼の舌で乳輪を擦られるのがたまらなく気持ちがよくて、自分でも聞いたことのない声がひっきりなしに溢れる。

「んっ……あぁ、あっ」

じっとしていることができずに肩を揺らす。足元がおぼつかなくなってくる。

ニコラスは顔を上げ、ヴェロニカの体を横向きに抱きかかえてベッドに運んだ。

――すごくドキドキする。

背に腕をまわされた。ドレスとコルセットの編み上げ紐を緩められる。彼は次になにをするのだろうと見つめていれば、胸に大きな両手をあてがわれた。

乳房をドレスの外へと引っ張りだされたヴェロニカは「あっ……」と声を上げる。

肩や腕にはきちんと袖を通したままだというのに、乳房だけがドレス生地に乗っかる卑《ひ》猥《わい》な恰好になった。

「やぁ、う……っ」

曝《さら》けだされてしまった胸を両手で隠そうとするも、彼はそれを許してくれない。ニコラスはヴェロニカの手を阻むように、乳房に顔を埋めた。

「ん、んっ……！」

ちゅう、ちゅうっと音を立てて胸元を吸い上げられる。乳輪の真上を、そうして何度も執《しつ》拗《よう》に吸われた。

ヴェロニカの胸元に散った赤い花びらを満足げに見おろし、ニコラスは胸の先端を弄《いじ》りはじめる。

「……こんなに尖らせて」

彼が見つめる先には、言葉のとおり尖りきった胸の蕾《つぼみ》があった。触れられるのを待つように、ぴんっと身を硬くしている。

「あ、う……わ、わたし……その、気持ちがよくて……」

ヴェロニカは言いわけを口にして視線をさまよわせる。いっぽうニコラスは、豊満な乳房の先端をいっそう際立たせるようにぎゅっと掴んだ。

「ふぁあ、あっ……や、あぁ」

彼の指が乳房に食い込んでいる。そのままぐるぐると円を描かれ、乳房の形が次々と変化する。

そのようすが楽しいのか、ニコラスは艶《なま》めかしく息をつきながらヴェロニカの胸を揉みくちゃにした。

「もっと……ニコラス様……」

ついそんなことを口走ってしまう。

「いえ、その」

これでは痴女のようだと自覚して申し開きをしようとした。ところが、勢いよく唇を塞がれてしまい言葉を紡げない。

「んんっ……！」

彼の手の動きが激しさを増し、指が乳輪の際を擦る。舌が口腔へ入り込んできて、縦横無尽に暴れまわった。

ニコラスはヴェロニカの要望どおり『もっと』責め立てている。

彼の指が胸の尖りを捉え、ぎゅうぎゅうと締め上げる。

「んむぅ、ん、ん」

乳首を指のあいだに挟まれて左右に揺らされると、どうしてか足の付け根がぴくぴくと動く。それはいまに始まったことではなく、もうずっと下腹部が熱を持っていた。

しかしこれは然《しか》るべきことだと、いまならわかる。

恐れる必要はないのだと、ヴェロニカは学んでいた。

それは王妃の振るまいについての本を読んだのもあるし、ニコラスへの信頼もある。

――ニコラス様はいつだってわたしを慈しんでくださる。

舌の動きは依然として激しいものの、乱雑なのとは違う。

彼の手にしてもそうだ。胸の蕾を締め上げる指は忙しく動くものの、痛めつけるようなものではない。

ただひたすら官能を引きだされ、こらえきれない喘《あえ》ぎ声が寝室じゅうに響く。

「いい、な……きみが啼《な》く声は」

ヴェロニカの口腔を舌で探るのをやめて、ニコラスはすうっと目を細める。恍惚《こうこつ》を帯びた表情を目の当たりにして、ますます鼓動が速くなる。

彼に「いい」と言ってもらえた。それだけで胸がいっぱいになる。

「よかった、です……その……気に入って、いただけて」

絶え絶えに言えば、彼は眉根を寄せて乳房を掴みなおした。親指と人差し指で胸の頂をつまむ。

「ひぁっ」

短く叫ぶと、その声までも慈しむように唇をちゅっと啄《ついば》まれた。

胸の蕾をふたつとも、指の腹でじっくりと捏《こ》ねられる。

「あぁあ、ぁっ……そんな、捏ねちゃ……やぁっ……！」

つい否定的な言葉が出る。あまりに刺激的で、おかしくなりそうだった。ところが先ほどと同じで、もっとしてほしい気持ちもある。

ニコラスはヴェロニカに真剣な眼差しを向けながら指を動かす。こちらが嫌がっているのか単純によがっているのか見極められているようだった。

「捏ねられるのは、嫌？」

甘い声で問われ、首を横に振る。

「では激しく捏ねられるのが、嫌ということか」

ヴェロニカはまた、首を振って否定した。言動に一貫性がないと自覚しながらも、頭の中は快感で蕩《とろ》けきって、まともに働いてくれない。

「気持ち、よすぎて……だめ、なのです」

快感が涙腺を刺激する。ヴェロニカは浅く息をしていた。

「……だめ、か」

彼は切なげに呟き、すぐに言葉を足す。

「だめではない愛《め》で方《かた》は、なんだろう」

本気なのか冗談なのか、問いかけているのか独り言なのかわからない調子でニコラスはぼやき、胸の蕾をきゅっと引っ張り上げる。

「ふぁあっ……！」

透き通ったアメジストの瞳が光を帯びた気がした。ニコラスが息を吸う。

「快楽に耽《ふけ》るきみの姿を見せてほしい。私だけに」

ほかのだれにも見せるわけがない。

――ニコラス様にだって、見られるのは恥ずかしいくらいなのに。

目を瞑っていてほしいとすら思ったが、紫眼は好奇心に満ちたように爛々《らんらん》としている。見ないでと言っても、きっと聞き入れてもらえないだろう。

ヴェロニカは観念して頷く。彼に愛されるため、痴態も含めてすべてを捧《ささ》げようと、あらためて決意する。

ニコラスは満足げに口角を上げた。

「ヴェロニカがどんな表情をするのか、目に焼きつける」

「……っ！　や、焼きつける、のですか」

恥ずかしい姿を見られる覚悟はしたはずなのに、さっそく怯《ひる》んでしまう。

ニコラスは宣言どおりヴェロニカの顔をまじまじと見つめる。

つまれたままになっていた胸の蕾を押し込められて「あぁっ！」と声を上げても、彼はちらりと手元を見るだけで、ヴェロニカの顔から視線を逸らさなかった。

彼は有言実行の人だと、ヴェロニカはよく知っている。

完全無欠のニコラスに、できないことなどないのだ。

羞恥で涙目になりながらヴェロニカは問う。

「わたし……おかしな顔に、なっていませんか？」

瞳を揺らすヴェロニカを見て、ニコラスは口元を緩める。

「愛らしいのに、煽情的だ。私はずっと、きみに誘惑されている」

「誘惑……？　ご、ごめんなさい」

ヴェロニカにとって『誘惑』は悪だった。

――オリヴィアの言っていることは気にしないって決めていたのに。

ところが心の奥底には残っていたらしい。そうして不安になる。わたしは『不埒な誘惑の証』を持っているのかもしれない――と。

ニコラスは、ヴェロニカの心情を悟ったように小さく眉根を寄せた。

「いや、私の言い方が悪かったな。責めているわけではない。ヴェロニカは、魅力的だ。

虜《とりこ》になって、まわりが見えなくなる」

目元にキスを落とされ、唇を食まれる。もうずっと凝り固まったままになっている胸の蕾を、ほぐすように指の腹で擦り合わされた。

「は、んっ……ふ、あ……っ、ん、んぅ」

胸の尖りは彼の指でほぐされているはずなのに、それまでよりももっと硬くなっていく。乳首の弾力を愉《たの》しむようにニコラスは口角を上げ、硬い薄桃色を軽く押しながら、指先でこりこりと揺さぶる。

「気持ちいい？」

専ら国王然とした話し方をする彼なのに、ときおりこうして、幼い子どもに言うような口ぶりをする。しかも耳元で囁かれるものだからたまらない。

胸がきゅうっと締めつけられ、下腹部の疼きがますます大きくなる。

「ヴェロニカ……」

答えを催促するように名前を呼ばれて、とっさに何度も頷いた。

彼が笑みを深める。探究心に満ちた顔をしている。

ニコラスは谷間に顔を埋めると、片手をヴェロニカの背にまわした。ドレスとコルセットの、緩んでいた編み上げの紐を片手で器用に解いていく。

彼にはもう胸を見られている。それなのに、紐解かれて無防備になっていくとどうしても落ち着かない。

「あ、う……うぅ」

とうとうドレスとコルセットの紐をすべて解かれ、シュミーズのボタンも外されて脚のほうへと引き下ろされた。

上半身が裸になったことで羞恥心が込み上げ、身を捩《よじ》らずにはいられなくなる。そんなヴェロニカを見て、ニコラスはうっとりとしたようすで「きれいだ」と囁いた。

――ニコラス様はいつもわたしを褒めてくださる。でもいまのお言葉は、ふだんと少し意味が違うような気がする。

きっと性的な意味合いが強い。それでも――いや、なおさら――彼の言葉はヴェロニカの自己肯定感を引き上げる。

同時に、ニコラスへの強烈な思慕を生む。自分を認めてくれる存在であるニコラスが、これまでよりもいっそう好きで好きでたまらなくなる。

「お慕い、しております……ニコラス様」

ヴェロニカがそう言うなりニコラスは目を見開き、大きく息を吸った。そのあとは、眉間に小さな皺を寄せてゆっくりと息を吐く。

彼の心境がわからずに戸惑っていると、腰の下でもたついていたドレスやコルセットを、ドロワーズごと足先から抜かれた。

「あ、っ」

急に一糸まとわぬ姿になってしまいうろたえる。ニコラスが、顔だけでなく全身を見まわすので、よけいにいたたまれなかった。

「……細いな」

両手で腰を摩られ、くすぐったくて身悶《みもだ》えする。そうして乳房が揺れるのを、ニコラスは熱っぽく眺めていた。

揺れを抑えるように乳房を鷲摑《わしづか》みにされる。彼のもう片方の手は、腰から脚へと伝いおりていった。

「ふぁ、あ……っ」

ごつごつとした大きな手が太ももを這い、足の付け根へと進んでいく。別の手では、乳首をぴんっと弾《はじ》かれた。

彼の右手と左手は、それぞれにまったく違う動きをしているから、どちらに意識を向ければよいのかわからず混乱する。

胸の尖りを弄られるのも、下半身の秘めやかな箇所の近くを擦られるのも快感で、彼の指が動くたびにビク、ビクッと体が上下してしまう。

「怖い？」

ヴェロニカの体が跳ねるのを、ニコラスは恐れによるものだと思ったらしい。

「いいえ！」

厳密に言えば破瓜の痛みに対して恐怖心は残っているものの、彼に対する恐れは微塵《みじん》もなかった。

ヴェロニカがあまりに勢いよく答えたからか、ニコラスはぴたりと指の動きを止めた。

「本当に？」

首を傾げて優しく問いかけてくる彼の麗しさに眩暈《めまい》を覚えながら、ヴェロニカは「はい」と答える。

「ん――」

ニコラスは低く唸って、ふたたび指を動かしはじめる。長い指は、胸と下半身の敏感な箇所を探り当てるようにじっくりと、丁寧に肌をなぞっていった。

「ふっ……う、んん……」

触れられるとそのすべてが過敏になっていくようだった。

ところが足の付け根の中心を指が掠めると、とたんにそれまでの比ではない快感が湧き起こる。

「ひぁっ！　そ、そこ――」

「……ここ？」

くすっと笑って、ニコラスは花核とはまったく違う箇所を指で押す。

ヴェロニカは紅い髪を振り乱しながら首を横に振る。

「ちが……い、ます。その……う、うぅ……っ」

ニコラスは花核のまわりを指で辿り、笑みを深める。

自分ではその箇所を見たことがない。湯浴みではきちんと洗うものの、性的に意識して触れたことはなかった。

「あ、んっ……あぁ、ふぅっ……！」

花芽のまわりをぐるぐると巡られるだけでも悦かった。しかしそれは初めだけで、しだいにもどかしさが募る。

触れてほしいのはその箇所ではないと訴えるように、焦れた花核がひくひくと震える。

彼に秘めやかなその部分を見られるのは恥ずかしいと思うのに、どうしてか脚が左右に開いてきてしまう。

――脚を閉じなければ。これでは、触ってほしいと言っているみたいだわ。

しかし両脚に力が入らない。きっといま、理性よりも欲望のほうが勝《まさ》っている。まだなにも知らないはずなのに、ニコラスに花芽を弄ってもらいたくて、体が言うことを聞かない。

「……っ、ヴェロニカ」

珍しく、切羽詰まったような声で呼びかけられた。ヴェロニカが返事をする間もなく、ニコラスは花核を押す。

「ひぁあっ！」

ヴェロニカは大声を上げて全身を跳ねさせた。指で突かれた花芽は赤みを帯びてぷっくりと膨らむ。ニコラスはそこを、付かず離れずの加減で押し引きした。

「うぅ、ふっ……あぁっ」

ほかよりも少し敏感だという程度に思っていたその箇所は、ニコラスに触れられればこんなにも気持ちがよいのだと思い知らされる。

無意識のうちに腰が揺れてしまう。ヴェロニカの体が艶めかしく動くのをしげしげと眺めながら、ニコラスはなおも花芽を捏ねまわす。

「はぅ、う……ん、んふっ……」

甘い声がひっきりなしに出て、時間が経つにつれ――ニコラスの巧みな愛撫《あいぶ》で――知らない自分になっていく。

心だけでなく体もそうだった。いまだかつてないくらいに下腹部が熱を持ち、未知のものが溢れるのを感じる。

ヴェロニカの膣口から零れはじめた蜜を、ニコラスが中指で掬いとる。

「あぁっ……！」

頭のてっぺんまで痺《しび》れるようだった。甘やかな快感が駆け巡り、下腹部がトクトクと脈を刻む。

ニコラスは蜜洞の入り口を、馴《な》らすように指先でくすぐった。

これまで他人には決して見せなかった箇所を晒《さら》し、それだけでなく指で確かめられている。

──恥ずかしい、けれど……。

もたらされる快感で羞恥心が打ち消され、高い声ばかりが出てくる。

くちゅっと水音が立った。小さく左右に揺れながら、蜜襞を掻《か》きわけるようにして長い指が隘路《あいろ》への侵入を始める。

「あ……指、が……入って──」

どこか夢見心地で「そうだな」と相槌を打ち、ニコラスはヴェロニカのより深い場所へと指を進める。

「ふっ、あぁあっ……！」

張り詰めたままになっている胸の尖りを、指で遊ぶように弾きながら彼は言う。

「きみの中は灼《や》けるように熱い──」

さも嬉しそうにニコラスが言葉を紡ぐものだから気分が高揚する。触れられていないほうの乳首もしっかりと勃ち上がって、喜びを露《あら》わにしている。

狭い道を押し広げるように、彼は内側から外へ向かって指で媚壁《こび》を突く。

「ひぅっ！　あっ、はぅっ……う、んんっ」

突かれるたびに異物感が影を潜める。指が馴染《なじ》んでいく感覚があった。かといって刺激を感じないのとは違う。

彼の指が少しでも動けば、快楽が波のように押し寄せてくる。

いつのまにか、膣口のまわりは蜜まみれになっていた。当然、彼の指はぬめりを帯びる。

タイミングを見計らったように親指で花核を押されては、はしたない声を上げて身悶えするしかない。

「ふぁっ、あっ……ニコラス、様」

刺激が強すぎると言いたいのに、彼の名前を呼ぶだけで精いっぱいだった。

「きみに名前を呼ばれると、ほかのことが考えられなくなる」

切なげに眉根を寄せたあとで、ニコラスは言葉を継ぐ。

「ヴェロニカで、いっぱいになる」

どこかたどたどしい――いつになく縋《すが》るような――口ぶりに、胸を鷲掴みにされる。

――わたしは、いつだってニコラス様でいっぱいだわ。

寝ても覚めても彼のことばかり考えている。もっと愛してもらいたくて、策ばかり弄している。

ヴェロニカはふたたび「ニコラス様」と彼の名を呼んだ。

ニコラスは「んん」と吐息混じりに唸って、隘路の中ほどに留まっていた指を奥へと進めた。

「ひぅっ！」

長い指の根元まで体の中に埋《うず》まった。浮かれるような焦燥感とともに強烈な快感が込み上げてくる。

「締め上げられる……」

ぽつりと呟き、ニコラスは隘路の中で指を泳がせる。奥まった箇所の形や感触を探るように、指は円を描きつつ狭い蜜壷をほぐす。

彼はどうして、複数のことを同時にできるのだろう。ニコラスはヴェロニカの顔を熱心に眺めながら胸の蕾をつまみ、もういっぽうでは狭道の奥処を弄っている。

ヴェロニカはというと、彼の官能的な表情を見ているだけで手いっぱいだった。

これまでは、ニコラスの穏やかな笑みしか知らなかった。いまの彼は実に人間らしい顔をしている。

もしも彼が人前でこういう表情をすれば、きっといまよりももっと多くの人がニコラスに魅了されるだろう。

――嫌、だわ。

つい手を伸ばして、彼の頬を覆ってしまう。

「うん……？」

独占欲のままに両手を伸ばしてしまったことが恥ずかしくなる。ヴェロニカは口早に「なんでもありません」と言って手を引っ込めた。

「なんでもないという顔では、ないな」

緩くほほえんだまま彼が詮索してくる。ニコラスは「ヴェロニカ」と囁きながら、答えを促すように胸の蕾を捻り上げる。

「あっ、ん……んっ」

官能に苛《さいな》まれたヴェロニカは本音を漏らす。

「いまのニコラス様のお顔を、だれにも……見せないで、もらえたら」

ずうずうしいと思われるだろうか。身勝手な考え方をしている自覚はある。彼はサリアナという大国の王だ。独り占めしていい男性《ひと》ではない。

するとニコラスは、理解に苦しんでいるのか眉根を寄せて首を傾げた。

「私がどういう顔をしているか、自分ではよくわからないが……ヴェロニカの前でしか、こうはならないはずだ」

彼の指が急に速さを増す。

——また、ニコラス様のお顔が変わった。

情欲がありありと滲んだ顔をしてニコラスはヴェロニカの秘所を弄り倒しにかかる。

胸の頂をぴんっ、ぴんっと執拗に弾かれ、下半身では最奥をずんずんと突かれる。彼の視線が熱く絡みつく。

自分にはひとつのことしかできないと思っていたが、どうやら違ったらしい。ニコラスが触れてくれるすべての箇所で、同時に快感を覚えている。

「ぁっ、なにか……う、んぅうっ……！」

体はきちんとベッドの上にあるのに、昇っていくような錯覚に陥る。

じゅぷ、ぐちゅっという水音まで聞こえてきた。それは幻聴ではなくて、自分の体から――彼が指を動かすたびに――響いている音だと、少し遅れて気がつく。

ニコラスはヴェロニカの中に沈めた指を前後させながら唇を噛む。

「……たまらない」

いったいなにが「たまらない」のか考える暇《いとま》はなかった。隘路と淫核、そして胸の頂を、彼の長くて力強い指が激しく擦り立てる。

「ふあぁあ、あぁっ――！」

下腹部を中心にドクドクと脈づき、その快い脈がさざ波のように全身へ広がっていく。

揺蕩《たゆた》うような快感とともに、疾走したあとのような充足感が湧き起こる。

「は、あ……はぁっ……」

どれだけ深呼吸をしても、息は乱れたままいっこうに整わなかった。手や足の先まで熱が溢れ、じんじんと甘く疼く。

絶頂に達したヴェロニカを愛《いと》おしげに見おろして、ニコラスはジャケットを脱いだ。ドレスシャツのボタンも手早く外す。

これまで決して目にすることのなかった彼の裸体が、晒されていく。

胸板は厚く、肌には艶があった。壁掛けランプの光のすべてが彼に集まっているように見える。足の付け根には、天井を向いてそそり立つ雄の象徴がある。太くて長いそれは、いかにも硬そうに張り詰めていた。

「……っ」

きっと、見てはいけなかった。禁断だったのだ。心臓は壊れそうなくらいドッドッドッとうるさく鳴っている。全身が、それまでの比ではないくらいに熱い。

絵画や彫像で再現することは不可能だろうとすら思う。そんな肉体美を前にして、ヴェロニカはすっかり興奮していた。

ずっと見ているのは、はしたないと思うのに目を逸らせない。それどころか触ってみたくなる。つい先ほど「見てはいけなかった」と思ったばかりだというのに。

「……真っ赤だ」

少し困ったようすでニコラスはヴェロニカの赤い頬を撫でた。ヴェロニカは「あ、う……その」と言葉を濁して視線をさまよわせる。

「ニコラス様が……逞しいから」

「ヴェロニカの好みではなかったか？」

——どうしてそんな質問をなさるの？

彼はわかっているはずなのに。ヴェロニカが、ニコラスの裸体に興奮して赤くなっていることを。

——けれど、問われたのだからきちんと言葉にしなければ。

羞恥心は押し殺して伝えるべきだ。彼はそれを望んでいる。だからあえて訊かれたのだ。

「好み、です」

手でそっと触れてみる。今度はニコラスの頬が赤くなった。形のよい耳まで朱を帯びて、アメジストの瞳が優美に揺れる。

「きみは、本当に……どうして」

これ以上は見るなと言わんばかりに、ニコラスはヴェロニカの目元を手で覆い唇を塞ぐ。

「んん……っ、ふ、う……」

目元にあった彼の両手が頬と耳を撫で、肩を通って胸へ至る。乳房をふたつとも、持ち上げるようにして摑まれた。

触れられずとも尖っていた薄桃色の先端を指のあいだに挟まれ、ぐにゃぐにゃと揉みしだかれる。

心なしか彼の手が熱い。胸を弄る仕草も、どこか余裕がないように思える。

それでも——それゆえか——やっぱり気持ちがよくて、下腹部がなにかを期待してむずむずと燻《くすぶ》る。

情熱的に、繰り返し唇を食まれる。熱く柔らかな感触は何度、味わっても飽くことがなく、いつまでもくちづけていたくなる。

ところが彼の唇は遠のいてしまう。ニコラスは上体を起こすと、自身を落ち着かせるように深く息をつき、ヴェロニカのすべてを見まわした。

そうしてヴェロニカは、いよいよなのだとわかる。彼はごく真剣な顔つきをしてヴェロニカの両脚に手を添える。

やんわりと左右に足を開かされ、秘め園を見せつける恰好になる。とたんに緊張感と羞恥心が込み上げるものの、彼は足の付け根を見ていなかった。

ニコラスの視線はヴェロニカの顔に固定されている。もし秘めやかな箇所を凝視されていれば、もっと緊張して羞恥に溺れていただろう。

——わたしが怯えていないか、確かめていらっしゃる？

気遣わしげな彼の視線が身に染みる。とげとげしかった緊張感が、柔らかなものへと変わっていった。

ニコラスは雄杭を蜜口にあてがう。

「んっ……！」

見た目にも大きかった彼のそれを実際、体に押しつけられると、より大きなものに思えてくる。

彼の指の何倍も大きな男根が、自分の体内に収まるところをまったく想像できなかった。

「ヴェロニカ――深呼吸できるか」

どうやら体が強張っていたらしい。ヴェロニカは言われるまま「すう、はあ」と深く呼吸する。

「そう……上手だ」

至高のほほえみを浮かべた彼に褒められて、有頂天にならない人はきっといない。

ただ深呼吸をしただけだというのに、偉業を成し遂げたような気持ちになってヴェロニカもまた笑みを見せる。

ニコラスは微笑したまま、ゆっくりと慎重に陽根を突き入れていく。

「あ……ぅ、ふっ……」

指とは比べものにならない質量のそれが、肉襞を掻きわけるように――あるいは押し広げるようにして――侵入してくる。

男根の先端が少し沈んだだけでは、凄《すさ》まじい異物感を覚えるだけで痛みはなかった。

ところが雄物がいっそう深くまで入り込むと、笑みを浮かべてなどいられなくなる。

「――っ‼」

この瞬間を何度も想像して、覚悟もしていたはずなのにすべてが吹き飛ぶ。

それでも、先ほど彼に深呼吸を促されたおかげか、深く息をすることで痛みをやり過ごせた。

ニコラスは、体を震わせながら息をするヴェロニカの顔を見て、悲痛そうに眉根を寄せた。

「……痛むだろう?」

彼は腰を引き、隘路に沈んだ雄杭を戻そうとする。ヴェロニカはとっさにニコラスの背を摑み、ふるふると首を振った。

「どうか、このまま」

――初夜では目を合わせてくださらなかったけれど……いまは違うわ。

食い入るように見つめられている。少しでも求めてくれるのなら、全力で応えたい。

ニコラスの喉がごくっと動くのがわかった。体の中に埋まっている彼の一部分もまた身じろぎする。

「んぅっ……」

雄杭の存在をまざまざと感じる。

涙に濡《ぬ》れた目元を、ニコラスが優しく撫でてくれる。温かく大きな手のひらで頰や肩を摩られると、どうしてか安心する。

「きみは華奢《きゃしゃ》だから……いまにも壊れてしまいそうだ」

心配そうに彼が呟いた。

「もっと……食べます。ニコラス様に安心していただけるように、たくさん」

すると彼はくすっと笑う。

「気持ちは嬉しいが、無理をする必要はない。私が、気をつければいいだけだ。きみを壊してしまわないように」

ニコラスは微笑しているが、額には汗が滲んでいた。目を見開いてよく観察すれば、彼の呼吸はふだんよりも荒い。

「あの……ニコラス様？　ご無理をなさっていませんか」

もうずっと彼は動かずにじっとしている。それはニコラスにとって辛いのではないかと、ヴェロニカはやっと気がついた。

「もう痛みはありません。だから……そ、その」

「きみこそ、無理をしていないか？」

なにかを強烈に我慢しているような低い声だった。

「していません。本当にもう、痛くはないのです」

隘路の中ほどにいた彼の一部分がドクンッと脈動する。もともと大きかった淫茎が、い

っそう嵩《かさ》を増す。

「ひ、あっ……！」

高い声を上げるのと同時に乳房を掴まれ、ぐにゃりと形を変えられる。

「……っ、ヴェロニカ……」

呼び声とともに、彼の情欲を映すように紫眼が強烈な光を帯びた気がした。

求められているのを感じて、ヴェロニカは「あぅ、ん」と歓《よろこ》びの声を上げる。

ニコラスは耐えるような表情のままで押し引きを始めた。

「あっ、ぁ……ん、あっ……」

淫茎は小さく進んでは小さく退く。それをずっと繰り返されていた。何度もそうされると、雄杭はやがて最奥まで達する。

――奥まできちんと、ニコラス様を受け入れられたのだわ。

彼のものでいっぱいになっている。そう実感すると「ふぁあ」と高い声が出た。

ヴェロニカの甘えるような声を耳にしたニコラスは唇を震わせて、もう何度目かわからない深呼吸をしている。

「かわいい」と漏らしながらニコラスはヴェロニカの乳首をつん、つんと突く。

「ひゃっ、う……んぅっ！」

突かれるたびに胸の蕾は硬さを増し、ぴんっと尖る。そんな状態の乳首を指でぐりぐりと押し込められれば気持ちがよくて、腰がゆらゆらと揺れてしまう。

「ん、っ」と呻《うめ》いたのはニコラスだ。ヴェロニカの薄桃色を二本の指で挟んで小さく揺さぶり、抑えた動きで抽送しはじめる。

「あぅ、んっ……ふぅっ……あぁ、あっ……」

彼の一物が媚壁を擦るたび、未知の快感が全身を駆け巡った。

小刻みな律動でもヴェロニカの乳房はよく揺れる。ニコラスは、ふるりふるりと上下する乳房に目を凝らし、なおも腰を前後させた。

胸の蕾を指先でくすぐるのも忘れない。乳房の揺れはそのままに、指先だけを使ってニコラスはヴェロニカの薄桃色を愛《め》でる。

羽根で撫でつけられるような刺激がたまらなかった。

「あっ、あぁっ……気持ちいい、です……ニコラス様……あん、んっ……！」

声に出さずにはいられなくなってそう言えば、ニコラスは一瞬だけ唇を引き結んだ。

体内を泳ぐ雄杭の動きが大胆なものへと変わる。狭道の入り口から最奥までを、大きなスパンでじっくりと往復される。

「ふぁっ⁉　は、あぅ……んっ、ん、んぅ……っ」

蜜壺をあますところなく剛直で擦られ、体はますます熱を帯びる。

体の内側にある彼の存在がどんどん大きくなっていくのはなぜだろう。

「ふ――」と、ニコラスが声を漏らす。どうしたのだろうと思い首を傾げると、ニコラスは楔《くさび》を最奥にぐりぐりと押しつけた。

「ヴェロニカが……私を、締めつけてくるから」

困ったような顔で言われ、全身がドクンッと跳ね上がる。ニコラスはいっそう悩ましげに眉根を寄せて微笑する。

「まだだ――ヴェロニカ。健気で……艶めかしい」

褒められると、喜びと一緒に快感まで膨れ上がる。

ニコラスはヴェロニカの最奥に陽根を押し当てたまま円を描く。

「はぅ、んっ……あ、あっ……はぁっ」

内壁はそれほど強い力で押されているわけではない。それでも刺激的で、気持ちがよくて、口が開いたままになる。

すると彼は急に上体を屈《かが》めた。ヴェロニカの口に舌を挿し入れる。

口腔と下腹部を同時に彼の熱い部分で乱され、胸の頂は指先で素早く嬲《なぶ》られた。

これ以上ないと思える快楽を、もう何度も与えられている。

「ふぁぁああっ」

唇が離れたせいで大声が出てしまった。恥ずかしいのに、ニコラスは嬉しそうに目を細めて腰を揺すり、最奥を穿《うが》つ。

彼の片手は胸の薄桃色にあてがわれたまま、もう片方の手は下半身へと向かった。

「やっ、あ……っ、やぅ、う」

いまそこに触れられたら、どうなってしまうのだろう。足の付け根にある敏感な箇所を弄られたらきっと、意識が吹き飛ぶ。

ニコラスはヴェロニカが危惧したとおりのことをする。

淫茎を咥《くわ》え込んでいる蜜口のすぐ上で、ぽってりと膨らんでひくひくと震えている小さな粒を、彼は指の腹でぎゅっと押した。

「ひぁあああっ！」

びりびりとした強烈な快感に襲われ、涙腺が熱くなり、視界が滲む。ニコラスの表情をよく見たいのに、それまでよりも律動が速くなったせいで叶《かな》わない。

よく揺れる――涙でぼやけた――視界の中でもニコラスはやっぱり壮絶に麗しい。汗ばむ姿は新鮮で、美しくて、情熱的だった。

ふと目が覚める。人の鎖骨をこれほど艶っぽく、魅力的だと思ったことはいままでになかった。

顔を上げればニコラスと目が合った。ベッドに横たわるヴェロニカの紅い髪を撫でる手を止め、彼は紫眼を細くする。

「すまない、起こしてしまったか」

「い、いえ……」

いまがまだ夜中なのか、それとも未明なのかわからない。ただニコラスの声は起き抜けのように掠れていた。それが妙に官能的に思えて、頬が熱を持つ。

ニコラスは言葉もなく、じいっとヴェロニカを見つめていた。初めは見つめ返していたヴェロニカだが、しだいに気恥ずかしくなってくる。

――だって、ニコラス様……まだ裸だもの。

きちんと服を着ているときだって彼は凄まじい色気を放っていた。なにも身につけておらず無防備ないまはもっとだ。見ているだけで興奮してしまう。

ヴェロニカは目を伏せ、彼の唇へと視線を落とす。ところがその形のよい唇もまた色っぽくて――柔らかく熱い唇でさんざん貪られたのを思いだしてしまって――見ていられなくなった。

「無理をさせた」

心配そうな声が頭上から降ってきた。腰のあたりをゆっくりと摩られる。ヴェロニカはすぐに首を横に振った。それでも彼はまだ憂いを帯びた顔で問う。

「痛むところは?」

「ありません」

下腹部は重く、倦怠感《けんたいかん》があるものの痛みはなかった。

「あの……すごく、幸せでした」

あのとき感じた破瓜の痛みは、彼と繋がったという強烈な証でもある。それを含めてすべてが幸せで、気持ちのよいひとときだった。

幸福感を滲ませるヴェロニカとは対照的に、ニコラスは神妙な面持ちをしている。

「過去の話で終わらせたくはないな」

ニコラスはぽつりと呟き、すぐに言葉を足す。

「ずっと幸せを感じてもらうには、どうすればいい？」

ヴェロニカは息が止まりそうになった。甘く誘惑的な問いかけに、くらくらしてくる。

澄んだアメジストの瞳に熱っぽく見つめられて、心臓がバクバクと音を立てる。

「ニコラス様のおそばにいることができれば、いつでも……わたし、幸せです」

そう答えるのがやっとだった。

——けれど本当にそうだもの。

そばにいられることが奇跡のよう。自分にはもったいない人だと、いつも思う。

彼の片手が腰から背中を伝って這《は》い上《あ》がり、頬までやってきた。肌の感触を確かめるように、じっくりと頬を押される。

「無欲だな。それに比べて私は――」

小さく眉根を寄せて、ニコラスは辛そうな顔をしている。

「なにかご要望がございましたら、なんなりとお申し付けください。わたし……わたし、ニコラス様のお気持ちにお応えしたいのです」

ヴェロニカは必死にニコラスに詰め寄る。いっぽうで彼は、目を丸くして顔を引きつらせた。

――あ、あら……？　困らせてしまっている？

前のめりになりすぎたのかもしれない。現に、体を彼の胸板に押しつける恰好になってしまっていた。まして自分は裸なのだ。これではあまりにもはしたない。

かといって急に距離を取るのもどうかと思ったので、ヴェロニカはゆっくりと彼から離れながら言う。

「わたしにできることを、なんでもいたしますので――どうか、ご遠慮なくおっしゃってくださいね……？」

今度は控えめに提案してみたものの、ニコラスの表情は変わらない。難しい顔のままこちらを見つめてくる。

やがて彼は目を瞑り、息をついた。額と額がくっつく。

間近に迫った美しい双眸に、困惑した顔の自分が映っている。

「ニコラス様……？」

「ん……。なんでもない」

頬や唇に、触れるだけのキスをされる。顔の造作を確かめるように、いましがたキスされた箇所を指で辿られる。

ヴェロニカはふと、彼と出会ったばかりのころを思いだした。彼はとても手先が器用なのに、己の感情を伝えるのは不器用だと感じていた。

「その気持ちだけで、充分だ」

ニコラスは本当にそう思っているのだろうか。低く、感情を押し殺したような声だった。

ヴェロニカは相槌を打つことができなかった。

第三章　回顧と奉仕

ニコラス・サリアナは羽根ペンをスタンドに預け、書斎の窓辺に立った。

東の空が白みはじめた。もうすぐ夜が明ける。

ヴェロニカはまだ隣の主寝室で眠っているだろう。ようすを見にいきたくなったが、それでは欲を押し殺してこの書斎へ来た意味がなくなる。

無防備な姿で眠っているヴェロニカのそばへ行けば確実に、また彼女が欲しくなる。

求めれば応えてくれるかもしれないが、無理はさせたくなかった。

――ただでさえ、嫉妬に狂って彼女のすべてを奪ってしまったんだ。

ダンスホールでは、谷間が覗いた豊満な胸が当たりそうになっていたから、期待と緊張感でおかしくなりそうだった。

そのあとであんなふうに抱きつかれて、揺るがない男がいるだろうか。いや、ヴェロニカが他の男に抱きつくなど、想像しただけで腸が煮えくり返る。

ともかく、ごく弱い力で懸命に腕をまわして、縋りつくように身を寄せられて、終《しま》いには潤んだ瞳で見上げられて理性が決壊した。

ふだんは詰め襟で隠されている胸元が大きく開いていたのもいけない。

欲望を引きずりだされた――などと、彼女の魅力を言いわけにはしたくないが、実際のところはそうだ。

おおいに誘惑されて、簡単に負けてしまった。彼女がエドガーと踊ったことで、激しく嫉妬したのもある。

ヴェロニカと婚約して以来ずっとそうだ。周囲の者がだれもかれも妬《ねた》ましく思えてくる。

閨の講師は、あえて多くを語らない者を抜擢《ばってき》した。王妃教育にしてもそうだ。

本来なら教育係をつけなければならないところだったというのに、彼女ひとりの力で勉強させてしまった。

自分以外の者をできるだけ近づけたくない。なんて狭量なのだろうと、我ながら呆《あき》れる。

初夜ではクッションを抱え、魅惑的すぎる彼女を見ないようにすることで、完全勃起した一物を隠して耐えたのに、なんという体たらくだろう。

挙式と晩餐会を終えた夜、煽情的なナイトドレスを着た彼女を目にしたとき、露《あら》わになっている肌をすぐにでも自分の手で確かめて弄りまわしたい衝動に駆られた。

昨夜、彼女の裸体をはっきりと目にしたあとはもっとそうだ。小さな身じろぎでも揺れる乳房を、もっとめちゃくちゃにしたかった。

気を緩めれば、彼女を縛り上げて喘がせたいなどという非人道的な妄想さえ頭を擡《もた》げてくる。

彼女が――いまにも泣きだしそうな顔で――豊満な胸を押しつけながら「ご要望がございましたらお申し付けください」と言ったときだって、ヴェロニカの華奢な体を内側から引っかきまわして喘がせたいのを、理性を総動員してなんとか我慢した。

彼女の顔が頭に浮かぶだけで下半身は容易《たやす》く勃起して、欲を滾《たぎ》らせて脈づく。

自分の性欲がこれほど強いとは、結婚するまで思ってもみなかった。無欲なヴェロニカとは大違いだ。

ヴェロニカを、心から愛している。それなのに――それゆえなのか――卑猥な姿をもっと見たいという渇望が次から次に湧いてくる。

しかし初夜といい、舞踏会といい、ヴェロニカはなぜあんなにも煽情的なドレスを着るのだろう。

いや、彼女の趣味嗜好《しこう》を否定したいわけではない。ヴェロニカが着たいものを、好きなように着るほうがよい。彼女の意思をなによりも尊重したい。

そもそもヴェロニカはどんなドレスでもよく似合っていて、美しい。

しかしそれゆえに、男どもが小バエのように群がってくるのが腹立たしい。

身も心も魅力に溢れるヴェロニカが、クルネ国で悪く言われていることは知っていた。

なんとか払拭できないかとアランに提案したこともあるが「ヴェロニカに関する噂は事実と違うと何度も触れを出しているが、いっこうに消えない」と言うのだ。

クルネ国先王の妃と同じ紅い髪だというのも、偏見に繋がっているようだった。

ニコラスとしては、ヴェロニカの妹オリヴィアがその偏見を煽《あお》っているのではないかと考えているが、推測の域を出ない。

ともかくその悪評が祟《たた》って、ヴェロニカにはほかに縁談がなかった。

本当の彼女を周囲に知ってもらいたいと思うのに、自分が国王に即位するまではいい虫《むし》除《よ》けだ、などと考えてしまっている己が嫌になった。

しかしやはり、その悪い噂があったおかげで、これまではエドガーにちょっかいを出されなかった――と、考えに沈んでいるところへやってきたのはクライドだ。

「おはようございます、陛下！　昨夜の舞踏会ではだいぶん嫉妬心が剥きだしでしたけど、その後いかがでした？　今日はずいぶんとお早いですね」

クライドはにやにやしながらこちらを見ている。挙式後は初夜を完遂できなかったことを、彼は知った上でからかってくる。

いままで言い返さないでいたニコラスだったが、今日はきちんと返答する。

「ああ。ヴェロニカが愛らしすぎて眠れなかったからな」

それだけでクライドは察したようだった。

「え——ということは、やっと⁉　おめでとうございます。ようやく長年の想いが成就しましたね！」

さも自分が苦労したかのようにクライドは涙を拭うふりをしている。

いや、クライドにも多少苦労はかけた。

そうしてニコラスは、ヴェロニカと出会った五年前——寄宿学校にいたころ——を思い起こす。

＊＊＊

クルネ国へと続く道の手前、サリアナ国の北側にノーザラル校はあった。

サリアナをはじめ各国の若き王侯貴族が通う、いわゆる名門の寄宿学校だ。この学校はサリアナ周辺各国の関係を良好に保つことを目的として設立された。

平たく言えば「貴族の子息たちを若いうちに集めて仲良くさせておこう」ということだ。

本日、ノーザラル校の正門はふだんと装いが違う。周辺各国の旗が飾られ、そこここに生花が活《い》けられていた。

文字どおり華々しく芸術祭の一日目が始まる。

ここは男子のみが通う学校だが、芸術祭の時期だけは在校生の家族や友人の立ち入りが認められる。

ノーザラル校の最上級生となったいま、芸術祭ではなにかを人に教え導くような催しをしなければならない。それは友人と協力して行う。

そしてそれを国外の者――芸術祭の招待客――に評価してもらうことで卒業資格を得られるのだ。

広大な校舎の最北端に位置する小さな教室で、ニコラスとクライドは彫刻指導をすることにしていた。

彫刻を始めたのは、ニコラスがまだノーザラル校に入学する前、剣術の指南役となった男から「剣を持つ前にまず彫刻刀を」と言われたことがきっかけだった。

指南役は東国の彫刻に精通しており、木片を彫って細やかな装飾を生みだすことに長《た》けていた。「彫刻刀が扱えない者には剣術など到底無理」というのが指南役の教えだった。

それ以来――むしゃくしゃしたときは特に――彫刻をすることで心を落ち着かせている。

なんの変哲もない木片でも、少しずつ削っていけば思い描いた形になる。

うまくいかないこともあるが、その過程と結果もまた好きだった。

双子の兄エドガーのように大講堂で、各国の益になる講義をするほうが人は集めやすいだろうが、芸術祭とは元来もっと創造的であるべきだと思う。

それに卒業資格に関してだけ言えば、評価を得るのは一人でいい。

何十も何百も評価を得れば地位の向上は見込めるかもしれないが、卒業を目的と考えれば不必要なことである。

ニコラスはクライドとともに客を迎える準備をする。教室の長机に白いクロスを被《かぶ》せ、その上に木材と彫刻刀一式を揃えた。

「……だれも来ませんねぇ」

傍らにいたクライドがぼやいた。ニコラスは「そうだな」とだけ答える。

窓を開ければ冷たい北風が吹き込む。

陽当《ひあ》たりが悪く人が立ち寄りづらい北端の教室をなぜ使うことになったのか。

それは先ほど、「ふんぬ、ふんぬ」と息を荒くしてやってきたクルネ国の王子アランが教えてくれた。

「やあ、ニコラス。成績トップのきみがこんな寒い教室で催しものとは、存外だな！　エドガーが一枚噛んでいると、知ってるのか⁉」

アランはニコラスに次いで二位の成績だからか、なにかにつけて突っかかってくる。ライバル視されているのだろう。

「ええっ、どういうことですか？」とクライドが尋ね返せば、アランは得意げになって話しはじめる。

「エドガーが芸術祭の実行委員に進言したそうだ。ニコラスたちは暑がりだから北端の教室を使いたいらしい、とね！　やられっぱなしでいいのかっ⁉」

アランは王族にしては俗っぽい話し方をするが、それは親しみやすさを重視しているのだと以前、豪語していた。

「やられるもなにも……こうなってしまったものは仕方がない」

ニコラスが無表情で言えば、アランはあからさまに悔しそうな顔になった。

「きみはいつもそうだ。あのいけすかないエドガーと、なぜ王位をかけて戦わない⁉　きみのほうが絶対に国王としての適性がある！」

――なぜいまそんな話になる。

そこに政治的な意図があるのではなく、アランは単純に思ったことをそのまま言っているだけなのだろう。

――だが私が王位を継ぐ可能性は低い。

今回のことにしても、自分はエドガーほど世渡り上手ではない。そう考えて剣の鍛錬にも励んできた。騎士団に所属して国防に努めるのもいい。

サリアナを支える方法は、国王になる以外にいくらでもある。

ニコラスが黙り込んでいると、アランは気を取り直したように咳払いをした。

「そうそう、今日は僕のすぐ下の妹が遊びにくるんだ。まあこんな北端の教室には立ち入らないだろうけどね。すっごくかわいいけど、ニコラスには見せてあげないよ！」

アランはなにかにつけて妹の自慢をしてくる。クルネにはふたりの王女がいるが、彼のすぐ下の妹は性格も容姿もとてもよいのだと、アランはいつも誇らしげだ。

「じゃあまた！」

嵐さながらアランが去っていったあと、クライドは大きなため息をついた。

「エドガー殿下は人当たりがよくて、表面的には朗らかだから信用されやすいんでしょうね。ニコラス殿下のほうが真面目で優秀なのに、にこりともしないから恐れられちゃうんですよ」

「ずいぶんな言われようだな」

「本当のことを言っているだけです。お願いですから愛想よく、ですよ！　サリアナの社交界でお見かけしない、国外の令嬢をとっ捕まえて評価してもらうんです。いいですね？」

「なんだその無鉄砲な計画は……。だいたい、なんで招待客を『令嬢』に絞るんだ」

「殿下のお顔で釣りやすいからですよ。……よし、そうと決まれば勧誘です！　ちょっと行ってきますね。北端の教室に絶世の美貌を誇る王子様がいますって、触れまわってきます」

「本気か？」

「あたりまえでしょう、卒業がかかっているんですから！」

クライドはニコラスがなにか言う前に教室を出ていってしまった。

そして小一時間ほどで戻ってくる。

成果がなかったことは、彼の顔を見れば一目瞭然だった。

「だめです……。やっぱりエドガー殿下に客を取られています。ニコラス殿下のお顔で釣ろうにも、お顔立ちはあちらもいいですからね……」

集客について、もとよりあまり期待はしていなかったが茶々は入れずに黙ってクライドの話を聞く。

「それに、とんでもない噂を立てられています。なにをするにも投げやりで実りがないから、ニコラス殿下の教室に行ってはいけない――と。きっと吹聴《ふいちょう》しているのはエドガー殿下ですよ」

あれだけ意気込んで出ていったというのに心身ともに疲れきって戻ってきたクライドが不憫《ふびん》に思えてくる。

「クライドにはいつも奔走してもらってばかりで、すまない。私が愛想がないばかりに」

「うわ、やめてください。僕はまだ諦めませんよ！　もう一度、行ってきます」

「では私も行こう」

「だめですよ。ニコラス殿下までお出になったら、だれかいらっしゃったときにおもてなしができません。留守をよろしくお願いします」

目の朝となる。
寄宿舎に戻り、なにかよい打開策はないかと考えているあいだに夜が明け、芸術祭二日
ところがクライドの奔走も虚《むな》しく、初日は見事に閑古鳥が鳴くこととなった。
「……わかった」

「ひどい顔色だな、クライド」

「ニコラス殿下こそ……。なにかよい案は浮かびました？」

首を横に振れば、クライドは「僕もです」と言って項垂《うなだ》れた。

「もういっそ、こっちもエドガー殿下の悪い噂でも立ててみます？　いや……あちらと同じやり方なんて、腹が立つばかりです。そうじゃなくてもっと――」

クライドがぶつぶつと自問自答しているときだった。教室の扉がノックされる。

「はっ、はいっ⁉」と、クライドは上ずった声で返事をして教室の鉄扉を開けた。

そこには紅い髪の少女が佇んでいた。

まるで人形のように愛くるしいのだが、その表情は不安げだった。

「ヴェロニカ・クルネと申します。お邪魔させていただいでもよろしいでしょうか？」

少女が膝を折って淑女の礼をするなり、クライドがこちらを凝視してきた。

ニコラスはこくりと頷く。

「もちろんどうぞ、ヴェロニカ殿下！」と、クライドが歓待の姿勢を見せる。

――そうか、この子が……。

クルネ国の第一王女で――アランがいつも自慢している――彼の妹。

たしかにかわいい。儚《はかな》げな雰囲気と紅い髪が印象的だった。「可憐《かれん》で愛らしい」と、アランから何度も聞いたことがあったが、そのとおりだと思った。

ヴェロニカは、入室を断られなかったことに安堵したのか頬を緩めた。

「ヴェロニカ様の侍女、ユマです。ご一緒させていただいても？」

付き添いの若い女性――私やクライドと同じ歳くらいだろう――が言った。

それにはふたたびクライドが「もちろんです！」と答えた。

「おふたりとも、このような末端の教室までようこそおいでくださいました。ささ、どうぞこちらへお座りください」

クライドはヴェロニカとユマを席へ案内する。

「あの……先にお伝えさせていただいてもよろしいでしょうか。じつはわたし、なにかを作ってみたいと思い、昨日はほかの教室へお邪魔させていただいたのです。けれどわたしがあまりにも不器用なせいで、危ないからやめたほうがよいと言われまして……」

ヴェロニカはふたたび不安そうな顔になってこちらのようすを窺ってくる。

「問題ない」とニコラスが言えば、クライドが補足する。

「ご安心ください、ヴェロニカ殿下、それにユマ様も。こちらのニコラス殿下は刃物全般、扱いに慣れていらっしゃいますから！　適切に、安全にお導きすることができますよ」

クライドの「刃物全般」という言葉が聞き捨てならなかったのか、廊下に控えている護衛たち――ヴェロニカについてきたと思《おぼ》しきクルネ国の者と、ノーザラル校に常駐している者――の目が光る。

「ああ、ええっと……こんなに小さな刃ですから、無茶《むちゃ》をせず丁寧に扱えば問題ございません、よ？」

取り繕うようにクライドが言うと、開け放したままになっている扉の向こうにいる護衛たちは、露骨な視線を向けるのをやめた。

「ご指導よろしくお願いいたします」

緊張したようすでヴェロニカが言った。彼女の傍らにいるユマが「私はお見守りいたします」と頭を下げる。

侍女の鑑《かがみ》さながら、主を見守るのが仕事だから教わる気はないのだと暗に告げている。

ニコラスは頷いて、まずは木材について説明した。

木材はどこからでも自由に彫れるわけではない。木口面を探し、適切な方向に刃を入れていかなければ木材が割れてしまう。

ヴェロニカはニコラスの説明を、一言一句聞き漏らさぬ勢いで目を輝かせ、何度も頷きながら熱心に聞いていた。

「――以上で木材に関する説明は終わりだ。なにか質問は？」

「ございません。とてもわかりやすいご説明を、ありがとうございました」

すぐそばで首を傾げているクライドの反応を見るに、とてもではないが「わかりやすく」はなかったのだろう。

ニコラスはヴェロニカの理解度を確認するためいくつか逆に質問した。彼女は的確に答えを出す。本当に理解しているのだとわかって嬉しくなる。

「次は実践だ」

ヴェロニカに細長い木の棒を持たせる。彫刻刀に似せてニコラスが作ったものだ。初心者用にと、あらかじめ用意していた。

「黒いインクで塗りつぶしている部分が刃だと思ってくれ。まずはこれで粘土の、この部分を彫ってみてほしい。対象物や彫刻刀の向きをくれぐれもよく見るように」

ヴェロニカは緊張した面持ちで「はい」と返事をして、言われたとおりのことをしようとする。

ところが彼女は、ニコラスが指示したのとはまったく違う箇所を大きく彫ってしまう。

「も、申し訳ございません……！」

いまにも泣きだしそうなヴェロニカの顔を見てニコラスは内心焦る。

「いや、気にしなくていい」

たしかに彼女は不器用なのかもしれないが、そもそも彫刻は初めてなのだから仕方がない。練習を重ねれば必ずできるようになる。

「ひとまず持ち方から見直そう」

ニコラスは口数こそ少ないものの、じっくりと丁寧に手ほどきをした。

「――ヴェロニカ様、そろそろお時間かと」

懐中時計を見ながらユマが言った。

ヴェロニカは、それほど時間が経ったとは思ってもみなかったのか驚いたような顔になりながらも「ご指導ありがとうございました」と、きれいなお辞儀をした。

「ニコラス殿下は寡黙で無愛想ですけど、優しいお方ですのでまた明日もぜひお越しくださいね！」

クライドがそう言ったからか、ヴェロニカは次の日も顔を出してくれた。

ところが彼女は不安そうな顔でこちらを見上げている。

「ニコラス殿下、笑顔ですってば！　ええと、こんな顔していらっしゃいますけどニコラス殿下もヴェロニカ殿下のご訪問を喜んでいらっしゃいますよ。ね？」

「あ、ああ……」

どうやら彼女は、連日押しかけたことを気にしているらしかった。ニコラスが「歓迎する」と付け足せば、ヴェロニカはほっとしたような顔になる。

――かわいい。

ヴェロニカとは昨日出会ったばかりだが、彫刻の手ほどきを通して彼女の素直さや真面目さがよくわかった。

もし自分にもヴェロニカのような妹がいれば、毎日のように甘やかして可愛《かわい》がるかもしれない。むしろ毎日、可愛がりたい――。

ヴェロニカが教室に来るようになって四日が過ぎるころには、クライドとユマは隣の長机にいた。ふたりとも、見学するのは飽きたらしい。

伯爵家の三男であるクライドに対してユマは男爵家の三女だそうだ。「三番目に生まれるとなにかと苦労する」などと、すっかり打ち解けたようすで和気藹々《わきあいあい》と談笑している。

いっぽうヴェロニカは、一日目と変わらず一所懸命、彫刻に取り組んでいた。

正直なところあまり上達はしていない。

それはきっとヴェロニカ本人も自覚している。それでも彼女は投げだそうとしなかった。木を彫るのが上手《うま》いとは言えないが、彫刻刀は安全に扱えるようになったと思う。

ただ、やはりまだ十三歳の少女だ。長時間、椅子に座って彫刻刀を握っていれば疲れも出る。

「……今日はもうこれくらいにしておくか？」

「い、いいえ……！　殿下のお時間が許すかぎり、頑張りたいです」

疲れているだろうに、健気にそんなことを言うヴェロニカに胸を打たれる。教え甲斐があるというものだ。ところが次の瞬間には別の感情が湧き起こる。

「……殿下ではなく、ニコラスと呼んでほしい」

なぜそう思ったのか、自分でもはっきりとした理由はわからなかった。ただ「殿下」とは呼ばれたくなかった。

「ニコラス様……？」

か細い声で紡がれた自身の名を、これほど特別だと思ったことはいままでにない。猛烈に感動して、ふだんよりも饒舌《じょうぜつ》になる。

「この教室に来てはいけないと、だれかに言われなかったか？」

「わたしは、物作りをしてみたかったのです。なんの取り柄もないわたしですが、なにか……生みだすことができたら、と」

――取り柄がない？

ヴェロニカは見目だけでなく仕草や言動もすべてが愛らしく、素直で真面目だ。取り柄がないなど思い違いだと言いたいのに、言葉が出てこない。

――ヴェロニカは自分に自信がなさすぎる。

初めは単純に謙虚なのだと思っていたが、それにしても周囲の反応を気にしすぎている。なにか、彼女をそうさせる原因があるのだろうか。

ヴェロニカはいまも、言うのをためらうような素振りをしている。どうしたのだろう。

「ヴェロニカ殿下？　もしかしてなにかおっしゃりたいことが？　どうぞ気兼ねなく、ニコラス殿下に話されてください」

隣の机にいたクライドが促す。彼は人の話を聞いていないように見えて、いつもきちんと耳をそばだてている。

ヴェロニカは小さく頷き、おずおずと口を開いた。

「ニコラス様は……わたしの紅い髪について、噂をご存知でしょうか」

ヴェロニカの声は震えていた。なにかに、ひどく怯えているようだった。

「いや、知らない。なにか噂されているのか」

できるだけ高圧的にならないよう静かに問えば、ヴェロニカは小さく頷いた。それからクルネ国先王妃の話をしてくれた。

「――そうか。だがきみ自身にはなんの非もない。なにがあってもきみらしく、ありのままでいればいい」

それからニコラスは「私は、その紅い髪が好きだ」と付け足した。そのあとで猛烈に恥ずかしくなる。

――私はなにを言っているんだ。

ちらりとヴェロニカのほうを見る。彼女は感動したように瞳を潤ませてほほえんでいた。

ヴェロニカは笑みを浮かべたまま、言うのをためらうように瞳を揺らす。

「じつは……ニコラス様に悪いお噂があることは、存じておりました。でもわたしは、噂が真実だとは思いません」

「……なぜ？」

「ニコラス様は、少しも投げやりなお方ではないと……思うから。だって、不器用すぎるわたしに、根気強く彫刻を教えてくださいます」

「そういうきみこそ――根気強く私に教わり続けている」

間髪入れずにニコラスが言えば、ヴェロニカは目を丸くしてきょとんとした。それから満面の笑みを見せてくれる。

春の花が綻んだような笑顔を目の当たりにして、ドクンッと大きく胸が鳴った。

――ヴェロニカのことをもっと知りたい。

しかし彼女を知るための時間はそう多く残されていなかった。

寄宿舎の窓から朝陽が昇るのを眺める。ヴェロニカはきっと今日も来てくれるだろう。

――だが芸術祭は明日で終わる。

寄宿舎の食堂で手早く朝食を済ませてノーザラル校へ行き、北端の教室へ足を運ぶ。

「……ヴェロニカ。もう来ていたのか」

まだ朝早い時間だというのにヴェロニカは教室の前で待ってくれていた。

「早くニコラス様にお会いしたくて……」とヴェロニカは呟いたあとで、失言を恥じるように口元を手で覆った。

「早朝から押しかけてしまい申し訳ございませんが、本日もご指導よろしくお願いいたします」

赤い顔で頭を下げるヴェロニカの可憐さといったら、この上ない。己のすべてを擲《なげう》ってでも彼女の願いを叶えたくなる。

「……ニコラス殿下。見とれてないで、お早く教室へ」

クライドが小さな声で促してくる。ニコラスは胸を締めつけられる思いで「ああ」と答え、ヴェロニカとともに教室へ入った。

その日の手ほどきが終わるころ、クライドがヴェロニカに評価を頼んだ。五日間以上継続して教えること、教えられた側が評価を記すことで卒業資格が得られる。

ニコラスは、丁寧な字で署名するヴェロニカをじいっと見つめていた。羽根ペンをスタンドに預けると、ヴェロニカはどこか悲しげな顔になる。

「明日で最後、ですね……」

——残念なのは私だけでは、ないのか。

彼女の気持ちが嬉しくて、ニコラスは提案する。

「明日、庭の散歩でもしようか。その……ずっとこの教室にこもってばかりでは、退屈だろう」

「退屈だなんて、とんでもないことでございます。でも、わたし……ニコラス様とご一緒にお庭を歩いてみたいです」

頬を染めて言葉を紡ぐヴェロニカは――天使だ。見ているだけで心が洗われる。ずっと眺めていたくなったが、クライドの「コホン」という咳払いで我に返った。

「そろそろお時間でございます。暗くならないうちにヴェロニカ殿下とユマを馬車までお送りしましょう」

四人で教室をあとにし、正門へ歩く。陽が沈むのをこれほど疎ましく思ったことはいままでなかった。

ヴェロニカとユマが馬車に乗り込む。馬車が走りだして見えなくなったあとも、ニコラスはしばらくその場に立ち尽くしていた。


芸術祭の最終日。

昼が近くなっても、ヴェロニカはやってこなかった。

――連日の疲れが出て朝寝坊したのかと思ったが……もしやなにかトラブルが？

彼女の身を案じて教室を出たときだった。廊下の向こうからアランが歩いてくるのが見えた。

「ちょっときみ！　僕の大切な妹に刃物を持たせるなんて、信じられない！　ヴェロニカは叱った上で、一日早く国へ帰らせたからねっ」

「国へ、帰った……？」

「そうだよ！　まったく、まさかきみのところへ入り浸っていたなんて……。ああもう、どうしてもっと早く気がつかなかったんだろう」

ニコラスはアランの瞳を見据えたまま言う。

「ヴェロニカ王女を娶るにはどうすればいい」

「へっ？」

唐突な発言に驚いたのはアランだけではない。自分自身もそうだった。

それでもその言葉を取り下げなかったのは、すぐに自覚したからだ。ヴェロニカとこれきりになってしまうのは嫌だ、と。

「なっ、なにを言ってるんだきみは。結婚なんてヴェロニカには早すぎる！」

「では婚約したい」

「いや、いやいや……婚約だってまだ早いよ。ニコラス、きみも冗談が言えたとはね。ヴェロニカは……そうだな、他国へ嫁がせるのなら絶対に国王だ。国王にしか娶らせないよ。じゃあね！」

アランはひらひらと手を振って去っていく。そのすぐあとにクライドが、神妙な面持ちで教室から出てきた。

「国王にしか娶らせない、だなんて。アラン殿下はいったいどこまで自覚して、おっしゃってるんでしょうね。まあ……アラン殿下のことですから、なにも考えてはいらっしゃらないか」

笑っているクライドのそばで、ニコラスは視線を落として拳を握り込んだ。


芸術祭が終わると、なにもかも燃え尽きてしまったような心境に陥った。

それはニコラスだけでなく、最上級生の皆が感じていることだろう。

クライドから聞いた話では、エドガーは大講堂での講義のためほぼ徹夜で資料作りに励み、熱弁を振るった反動なのか、いまは寝込んでいるらしい。

平穏で変化のない学校生活だ。ふと気がつけばヴェロニカのことばかり考えている。

彼女はどうしているだろう。ヴェロニカと一緒に学校の庭の散歩をしたかったと、未練がましく思ってしまう。

「ニコラス殿下！　これ、だれからだと思います？」

寄宿舎のベッドに寝転がり、ぼんやりと天井を眺めていたニコラスはクライドの声を聞き、目線だけを彼へ向けた。

クライドは右手に白い封筒を掲げていた。宛名には「親愛なるニコラス様」と書かれている。その字体だけでニコラスは差出人を察知する。

「ヴェロニカだな？」

起き上がってクライドのもとへ駆け寄る。

「うわっ。剣の鍛錬時以外でもそんなに素早く動けるんですね」

毒づくクライドから手紙を受け取り、さっそく封を開けた。

ヴェロニカからの手紙は、アランに内緒で彫刻教室へ通っていたことを謝罪する文から始まっていた。芸術祭の最終日に北の教室へ行けなかったことも、かなり心苦しく思っていることが文面から伝わってくる。

ヴェロニカ本人は内緒にしているつもりはなかったが、かといってアランに報告もしていなかったそうだ。

アランは自身の催しで手一杯のようだったから、ヴェロニカに構う余裕がなかったのだろう。そのまま構わずにいてよかったものを。

『彫刻に触れ、世界が変わったように思います。ニコラス様と過ごさせていただいた時間はとても楽しくて、幸せでした』

頭の中で彼女の声が響く。ヴェロニカの声を妄想して手紙を読んでしまっている。

ニコラスは文字を指で辿りながら何度も読み返した。クライドがふたたび「うわ……」と呟いたが、気にならなかった。

ヴェロニカを想うと胸が熱くなる。もう一度、会いたくてたまらなくなる。

「あの～……気持ち悪く何度も読み返してないで、お返事を出されては？」

「そうだな、そうしよう」

その後もニコラスはヴェロニカと何度も文を交わした。

ヴェロニカに会いたい一心でクルネ国をたびたび訪問したが、アランは「婚約も結婚もまだ早い」と言っていたので、クルネの産物について話し合いたいという建前で面会を申し入れた。ほかにはヴェロニカの誕生日といった、記念すべき日を祝う体で会いにいった。

そういう理由だから、もちろんヴェロニカとふたりきりで話などできない。

それでも——一目会えるだけでも——初めは幸せだった。

ところが会うたびに彼女は麗しさを増し、少女らしさが消えていく。

ヴェロニカのことを、そばでずっと見ていたい気持ちが日増しに強くなっていった。

クルネ国の舞踏会でヴェロニカに会った帰り道。馬車の中でニコラスは、芸術祭の日にアランから言われた「他国へ嫁がせるのなら絶対に国王だ」という言葉を思いだしていた。

自分には妹がいないのでよくわからないがたしかに、嫁がせるのなら地位と権力のある男性にと思うのは当然のことかもしれない。

——いまのままでは、アランはいつまでたっても私の発言を真剣に受け取ってくれないだろう。

そうなれば、自分にできることはひとつ。

「私はサリアナの王になる」

突然、宣言したにもかかわらず、向かいの座席にいるクライドは驚かなかった。

「そのお言葉をどれだけお待ちしていたことか。いやぁ……彫刻教室を催してよかったですね。あれは、運命の出会いでした。どこまでもお支えいたしますよ、ニコラス様」

国王になると宣言をして以来、クライドはニコラスを「殿下」と呼ばなくなった。はっきりとした理由はわからないが、国王に即位したあとは「陛下」と呼ばれるようになったから、彼なりに「国王へ即位させるぞ」という決意を示していたのかもしれない。

エドガーに負けじと地道に支持者を増やし、社交界にも積極的に顔を出して根まわしをした。社交に関してはかなりクライドの力を借りた。

王位を巡ってはエドガーから妨害があったが、計略を躱《かわ》しながらなんとかして功績を重ね、時には辛酸を嘗《な》め、二十三歳でやっと次期国王に指名され、ヴェロニカを迎える準備を調えたのだった。

＊＊＊

物思いに耽っていたニコラスは、昨夜の舞踏会でエドガーがヴェロニカと踊っていたことも同時に思いだして苛立っていた。

数年前、エドガーに「妻は何人娶る？」と質問されたときには「生涯でひとりの女性しか愛さない」と答えた。

いっぽうエドガーは「私はね、求められれば何人でも妃にするつもりだよ」と豪語していた。

サリアナ国において何人もの妻を娶ることができるのは国王のみだ。エドガーは自分が次期国王に指名されると信じて疑わなかったのだろう。

彼は複数の女性を手玉に取って好き勝手していたが、ヴェロニカがその毒牙にかかることはなかった。

ところがエドガーは、ヴェロニカが妃となったあとは手のひらを返して彼女へ近づくようになった。本当に忌々しい。

ニコラスは、遠くの山から顔を出した朝陽を見て目を細める。

彼女が欲しい。ほかのだれにも奪われたくない。愛しい気持ちが、婚前よりもさらに高く積もっていく。

どうすればヴェロニカの心をもっと掴むことができるだろう。なにか自分にできることは――と考えていると、ガラス扉のキャビネットにしまっていた彫刻刀が目に入った。
ニコラスはある決意をして、ガラス扉のキャビネットのほうへ歩いた。

執務室で書類にサインをしていると、クライドが浮かない顔で部屋に入ってきた。

「クルネ国からお客様です。陛下にお会いするまで絶対に帰らないとおっしゃっています」

「アランか？」

「いえ。オリヴィア殿下です。とはいえ約束はないですからね。無理やり追い返してもいいですけど……それだとまた押しかけてきそうですから、ここで一蹴しておくほうが得策かもしれません」

他国の王女に対して「一蹴」はないだろうと思ったが、オリヴィアに対してだけはそうするべきだと、すぐに考えを改めた。

「そうだな。ではここへ呼んでくれ」

わざわざサロンや応接室を使う必要はない。クライドも同じ考えだったようだ。すぐに「かしこまりました」と返事をして踵《きびす》を返した。

ほどなくして執務室にオリヴィアがやってくる。彼女の従者は部屋の外で待機し、オリヴィアだけが入室してきた。

「そちらの侍従は席を外してくださらないかしら」

「いたしかねます。オリヴィア殿下によからぬ噂が立ってはいけませんので」

ほほえんだままクライドが言った。既婚の王とはいえ異性と部屋でふたりきりになるのは外聞がよくないと、クライドは暗に訴えている。

「わたくしはかまいませんわ」

「クライド、ここにいろ」

ニコラスが強く言えば、オリヴィアは一瞬顔を引きつらせたが、すぐに笑みを取り繕った。

「国王陛下におかれましてはご機嫌麗しく――」

「用件は？」

彼女の言葉を遮って尋ねる。のんびりと社交辞令を交わす時間が惜しい。不躾《ぶしつけ》だとわかっているが、愛想よくする必要はない。

オリヴィアは「ふふ」と気味悪く笑いながら、執務机の前まで来た。

自信満々といったようすでオリヴィアは胸元のケープを外す。襟ぐりが深く、肩が露出したドレスを着ている。

「お姉様では陛下のお相手は務まらないと思いますの。ですからどうかわたくしと――」

ニコラスはオリヴィアから視線を外して言う。

「そのような格好ではさぞ肌が冷えるだろう。早くケープを羽織ったほうがいい」

「そうですわね……陛下が温めてくださるのなら本望ですわ」

ニコラスはため息をつき、クライドに「オリヴィア嬢に毛皮でも持たせてくれ」と指示した。

ところがオリヴィアはまったくめげない。

「わたくしをご覧になって？　じつはいまクルネでは、もっと面白い衣装が流行しておりますの。わたくしそれをお土産に持ってまいりました。ご満足していただけること間違いなしですから、どうかご一緒に夜を過ごしてくださいませ」

「興味がない。それはオリヴィア嬢が一生を誓う相手に見せるべきものだろう」

クライドに目配せすれば、彼は大きく頷いて、オリヴィアを執務室の外へと促す。

「お待ちください、陛下！　どうかもう少しだけお話を」

「今後、私になにか用があるのならアランを通してもらおう」

クライドにつまみだされる形で、オリヴィアは執務室から出ていった。

長く息を吐きだし、ニコラスは思案する。

――いくらなんでも目に余る。

結婚後も調査を続けて、オリヴィアが、ヴェロニカにトラウマを抱かせた張本人だというのはほぼ明らかだった。

やっとヴェロニカと結婚して、最愛の人をオリヴィアから引き離せた。しかしやはり、彼女は害悪でしかない。

オリヴィアの存在はヴェロニカを悩ませるだけだ。

ニコラスは、辟易《へきえき》した顔で戻ってきたクライドに命じる。

「オリヴィア嬢について、さらに調べてもらいたいことがある――」


ニコラスと深い契りを交わした翌朝。

ヴェロニカ・クルネは下腹部に鈍痛を感じながらも、清々《すがすが》しい気持ちでいた。

「おめでとうございます、ヴェロニカ様！」

寝室にやってきたユマは、ヴェロニカがなにか言う前に祝辞を述べた。ヴェロニカは口をぱくぱくと動かす。

「どうしてわかったの⁉」

「お顔を拝見すればわかりますよ！」

「そっ、そう……なの？　ありがとう、ユマのおかげよ」

ユマは満足そうに頷いて、着替えの手伝いをしてくれる。

「あらっ……キスマークがこんなにたくさん！　これはもう、詰め襟のドレスしかお召しになれませんねぇ」

にやにやしながらユマはクローゼットへ行き、以前はよく着ていた詰め襟のドレスを持ってきた。

ヴェロニカは耳まで真っ赤になって、しばらくなにも言えなかったが、ふと思いだす。

「そうだ、ユマ。わたしね、もっと体力をつけたいの」

昨夜は彼に「もっと食べる」と言ってしまったが、単に太るだけではいけないはずだ。冷静になって考えてみれば、食べる量を増やすよりも基礎体力をつけること、筋力をつけることが重要になってくるのではないかと思った。

「体力作りですか、なるほど！　じつは私もいまちょうど筋力トレーニングにはまっているところですので、一緒にいたしましょう！　まずはこう――こんな動きです」

床に両手をついて体を動かすユマに倣って、ヴェロニカも実践してみる。

「うっ……む、難しいのね」

ユマのように自分の体を持ち上げることができない。

「ある程度、筋肉がつくまでは大変ですが、継続していけば必ず力はつきますから！」

気の置けない友人でもある侍女の言葉に頷いて、ヴェロニカは懸命に体を動かす。

ニコラスが無用な気遣いをしなくていいようにと、ヴェロニカは公務の合間を縫って筋力トレーニングに励んだ。

夕方、ユマに教えられたトレーニングメニューをこなしているときだった。ユマが渋面を浮かべて部屋に入ってくる。

「オリヴィア殿下がお見えになって、ヴェロニカ様にお会いしたいと。……どうなさいます？」

オリヴィアの名前を耳にするなりどきりとしてしまう。

「用件はなにかしら」

「贈り物があるので、直接お渡ししたい……と。なんだか気色が悪いですね。お品物だけ私のほうでお受け取りしましょうか」

「いいえ……直接、会うわ。それでオリヴィアの気が済むのならいいし、クルネからわざわざ贈り物を届けにきてくれた、ということでしょう？」

「便宜上はそのようですが……そうですね。ぱぱっと済ませちゃいましょう。オリヴィア殿下はひとまず応接室にお通ししております」

「わかったわ。行きましょう」

ユマと一緒に、オリヴィアの待つ応接室へ行く。

オリヴィアは応接室のソファに座り、紅茶を飲んでいた。

オリヴィアはヴェロニカを見るなり立ち上がり、笑みを見せる。

「お姉様、お会いしたかったですわ！　じつはわたくし――お姉様がご結婚なさってから、とても寂しくて。いままで嫌なことばかり言って、本当にごめんなさい」

「え……？」

一転した妹の態度を、訝《いぶ》かしく思ってしまう。ヴェロニカが戸惑っているあいだにもオリヴィアはべらべらと喋《しゃべ》る。

「それで、お詫《わ》びの品を持ってまいりましたの」

オリヴィアは目線でもって彼女の侍女に指示を出す。クルネ国からオリヴィアと一緒に来ていた侍女が、テーブルの上に置かれていた箱を開けた。

「いまクルネ国でとても流行しているドレスですのよ。ただし閨でしか着ることはできませんけれど……。お姉様ならきっとよくお似合いになると思うの。ぜひこれを着て、陛下にご奉仕なさってみて？　これまでよりももっとお姉様を寵愛《ちょうあい》してくださるはずですから」

オリヴィアが「奉仕」という言葉を口にしたのは、そのドレスが侍女服に似ているからだろう。

ヴェロニカはひとまず「ええ、ありがとう」と返した。

「――ヴェロニカ様。公務のお時間が迫っております」

ユマが後方から声をかけてくれる。ヴェロニカはオリヴィアに別れを告げて応接室を出た。

「……色仕掛けなんて逆効果なんだから。せいぜい嫌われればいいわ」

悪意に満ちたオリヴィアの言葉を、サリアナ城の者はだれひとりとして聞いていなかった。

オリヴィアと面会して一週間ほどが経った夜。湯浴みを済ませたヴェロニカは、これからなにを着るかで悩んでいた。そばにいたユマがそっと進言する。

「このナイトドレス——クルネ国ではたしかに流行しているようです。刺激的ですけど、個人的にはとてもいいと思います」

「そ、そう……。では着てみようかしら」

せっかく貰ったのだからと、ユマに手伝ってもらい、そのドレスに袖を通す。

「う〜ん……オリヴィア殿下のご意見に賛同するのは少し癪ですけど。本当によくお似合いですよ、ヴェロニカ様！　陛下へのご奉仕、頑張ってくださいね！」

「も、もう……！　ユマ、面白がっていない？」

「そんなことないですって。ふふっ、また明日お話を聞かせてくださいね」

ユマが部屋から出ていったあと、ヴェロニカは壁に造りつけられている大鏡を見た。

紺色の生地をベースに肩には白いフリルがあしらわれ、首には揃いのチョーカーをつけていた。そこは、なにも問題ない。

ただコルセットやシュミーズは身につけていない。胸元は紺色の生地に覆われているものの、薄桃色の部分は透けていた。

下半身も似たようなものだ。腰にはフリルレースが重ねられているが、お尻と淫唇を覆っているのはわずかな紺色の生地だけ。

それも、脚を大きく広げてしまえば紺色の細い生地はすぐにでも横へずれてしまいそうだった。

——本当にこのドレスが流行しているの⁉

疑いたくなったが、情報通のユマだって肯定していた。このドレスは、多くの人に悦ばれているのだ。

ヴェロニカは覚悟を決め、深呼吸をして主寝室へ続く内扉をノックした。「どうぞ」という彼の声を聞くのと同時に扉を開ける。もたもたしていては決意が鈍る。

「ごきげんよう、ニコラス様。こっ、このドレスは……その、妹から貰ったものでして」

ナイトガウンを着るところだったらしいニコラスだが、ヴェロニカを見るなり途中で手を止めて呆然《ぼうぜん》としていた。

彼は瞬きもせずこちらを凝視している。しばしの沈黙が続く。耐えきれなくなったヴェロニカが口を開く。

「え、ええと……じつはわたし、体力作りをしているのです。ご覧ください」

幾分か逞しくなったと自負している二の腕を見せる。

ヴェロニカが腕を振り上げれば、透けた乳房がふるっと上下に弾んだ。それを目で追い、ニコラスは口を半開きにする。

「……ニコラス様?」

彼は一言も喋らず、一切動かない。なにを考えているのか、まったくわからなかった。

呼びかけると、ニコラスは片手で顔を覆って項垂れた。彼が着ようとしていたナイトガウンの袖は肩までいかず、ずるりと床へ落ちた。

「あの……お気に召さなかったでしょうか」

「……いや」

唸るような、打ち消しの言葉。

「本当に筋肉がついているのか、全身を触って確かめなくては」

指のあいだからアメジストの瞳が垣間見えた。紫色の双眸が挑発的に見上げてくる。全身がぞくっと粟立《あわだ》つ。

ニコラスは自身のナイトガウンをソファへ放ってヴェロニカの手首を掴む。歩くたびに揺れる乳房を見つめて、彼はヴェロニカをベッドへ座らせた。

舐めるような視線を受けて心地よくなってしまうのは、恥ずかしいことだろうか。

両脚はぴったりと閉じているものの、ベッド脇に立ったままこちらを見おろしてくる彼のことを意識するだけで期待してしまい、足の付け根が潤みはじめる。

彼はまずヴェロニカの肩に手を置いた。白いフリルレースを嬲るように撫で、二の腕に触る。

筋肉の有無を確かめるように、大きな手のひらで肌を押された。

「ふっ……」

腕を摑まれているだけで、性的な箇所にはなにもされていない。それなのに、薄桃色の棘《とげ》はレースの陰でずっと尖ったままだった。それをニコラスが凝視している。

「……うぅ」

足の付け根が疼く。内側に蜜が溜まっていくのが感覚でわかる。

ニコラスは二の腕を摑むのをやめて、両手を横へずらす。ふるっ、ふるっとひっきりなしに揺れている乳房を手のひらで覆う。

「あっ……ん……！」

その瞬間、びぃんっと痛いくらいに乳首が尖りを増した。すっかり勃起した乳首には触れずに、ニコラスはヴェロニカの豊満な乳房を揉みしだく。

張り詰めている薄桃色の先端を指でつんっと弾かれる。

「ふっ……う、んん……っ」

胸の頂は彼の指を拒むようにますます凝り固まる。それを愉しむようにニコラスは何度も指で薄桃色を突いた。

「……どれくらい筋肉がついているのか、確かめている途中だった」

本当にそのことを思いだしたのか、あるいは意地悪でヴェロニカを焦らすためにそう言っているのか、どちらともつかない。

ニコラスは指で乳首を嬲るのをやめて床に膝をついた。

彼はヴェロニカが履いていた靴を脱がせ、ニーソックスの生地を手のひらで辿った。ふくらはぎから付け根へ向かって彼の両手が這い上がっていく。

彼の手が太ももに差しかかると、途方もない焦燥感に襲われた。このままでは気づかれてしまう。蜜壺が愛液を量産していることに。

「や、あの……っ、ニコラス様……ぁ」

呼びかけも虚しく、ニコラスは容易に蜜の存在を暴く。足の付け根に両手を挿し入れられ、やんわりと押し開かれた。危惧していたとおり、紺色の生地は横へずれて秘所が明るみに出る。

ニコラスはシーツの染みを見て呟く。

「こんなに濡らして……」

「うぅ――」

それまで必死に脚を閉じていたのに無意味だった。蜜は紺色の生地を貫通して、シーツにまで零れてしまっていたのだ。

恥ずかしくてなにもかも隠したくなったが、秘めやかな箇所もすでに晒した状態だ。自らの意思でこのような恰好をしている。いまさら隠せるはずもない。

そして、見られて悦んでいる自分もたしかにいる。

ニコラスは長く息を吐き、ヴェロニカの太ももを手のひらでじっくりと撫でまわした。

「んっ、あ……ぁっ」

なんでもない箇所だとわかっているはずなのに、ごつごつとした彼の手でなぞられると心地がよくて「ひぅっ」と高い声が出る。

下から見上げてくる彼の視線も同じで、とてつもなく快感を煽られる。

親指が莢《さや》の近くを掠めると、期待感で全身がぴりぴりと疼く。

次々と蜜が溢れるのを認めるなりニコラスは口角を上げ、陰唇の際を指でなぞり上げた。

ヴェロニカの湿った肌を、彼は嬉しそうに指で擦る。

「ぁ、あっ……んふ……ぅ」

花園の中心に触れられればどれだけ気持ちがよいのかもう知っている。

ヴェロニカはベッドの上に両手をつき、乳房を揺らして身を捩る。誘うような動きだという自覚はない。

ニコラスはごくりと喉を鳴らし、淫核に指をあてがった。

「ここも、鍛えた？」

「そ、そこ、は……ぁっ、あんっ……ふぁあ、あっ……！」

指の腹を使ってくにっ、くにっと花芯を捏ねられる。そんなふうに指で押されては、目下、彼に鍛えられているようなものだ。

ニコラスもそのつもりなのか、執拗に花芽を押しつぶしてくる。

「は、うっ……あ、んんっ」

指でさんざん押し嬲られた花芽は真っ赤になって膨れ上がっている。胸の蕾も同じような状態だ。もうこれ以上はないというくらい、興奮して大きくなっている。

恥ずかしいから見られたくない気持ちと、もっと見て触ってほしいという相反する気持ちがせめぎ合う。

羞恥と欲望の狭間《はざま》で揺れて、その葛藤がより深い快感に結びつく。

ニコラスは瞳を揺らすヴェロニカの唇にちゅっと啄むだけのキスをして、腕と腰、足の付け根までを両手で一気に撫《な》で下ろした。

「たしかに……細いのは相変わらずだが、筋肉はついている」

努力を称《たた》えるように頭を撫でられて嬉しくなる。

「褒美がいる、な」

「……っ！」

情欲を孕んだ瞳に射貫かれる。褒められた喜びは一瞬で性的なものへと変わった。

「あ、あの……わたし、ご奉仕を……したいのです。クルネで流行しているそうで……だから、その」

しどろもどろになりながらも当初の目的を話した。彼に満足してもらいたくてこのドレスを着たのだ。有頂天になっている場合ではなかったと、反省する。

ところがニコラスは首を横に振る。

「……いい。私がきみに傅《かしず》きたい」

思いもしない言葉に、全身がぞくりと震えた。

「か、傅くだなんて……そのような、こと……」

だれもが敬い、ときには畏れを抱く大国の王なのだ。そんな彼に傅かれる謂《いわ》れはない。

ニコラスは、困惑するヴェロニカの唇を塞ぎ、そっと手首を摑んでベッドに押し倒す。

「ん、ふぅ……っ」

仰向《あおむ》けに寝転がるとすぐに唇は離れてしまった。彼の柔らかな唇の感触を名残り惜しく思っていると、ニコラスは耳朶《じだ》や首筋にキスをしながら胸のほうへと下降していった。

「ひゃ、あ……！」

両方の脇から寄せるようにして乳房を中央に寄せられる。

行儀よく並ぶ恰好になった乳首を彼はしげしげと眺め、うっとりとしたようすで舌なめずりをする。

形のよい唇から垣間見えた彼の肉厚な舌を目の当たりにして、下腹部がドクンッと期待混じりの悲鳴を上げた。

ふたつの硬い棘をニコラスは指で同時に押し上げてヴェロニカの反応を見る。

「ふぅ……っ、ん……！」

反応を窺うような視線を向けられると気持ちよさに拍車がかかって息が荒くなる。大きく上下する胸の先端を、彼は愛おしげに見つめて弄り倒す。

ニコラスはドレスの生地越しに乳房を揉みながらも、親指と人差し指で器用にふたつの蕾を踊らせる。くにっ、くにくにとリズムよく上下左右に嬲られるものだからたまらない。

「あふっ……くぅ」と嬌声《きょうせい》を漏らしながら身悶えするヴェロニカを見つめ、ニコラスは上体を低くした。

「――ひ、あっ」

胸に顔を埋められたかと思えば、生温かななにかが乳輪を這った。彼の舌だとわかるのと同時に、頑《かたく》なな蕾をれろりと舐め上げられる。

「ふぁあっ……！」

ヴェロニカは大きく口を開けて叫んだ。指で弄られるだけでも気持ちがよかったはずなのに、舌で刺激されると快感はそれまでの何倍にも膨れ上がる。

舌のざらついた感触と、ニコラスが胸の頂を舐めているという事実が、ヴェロニカに深い快楽をもたらす。

彼が、ときおり上目遣いでこちらを見上げてくるのが艶めかしい。舌で薄桃色をなぞられるたびに下腹部がきゅん、きゅんっと引き締まる気がした。

ニコラスは舌先で薄桃色の根元をちろちろとくすぐる。

「は、あ……っ、あぁ……それ……う、うぅっ……」

彼は舌を動かすのをやめずに目線だけで「これが、なんだ?」と問い返してくる。

「く、くすぐった……い、です……あ、んっ……ん、ふ」

するとニコラスは、あらためて乳房を両脇から掴みなおしてふたつの蕾を中央に寄せた。

そしてふたつとも一緒くたにその根元を舌でくすぐりはじめる。

「やぁあっ、あぅっ……!」

乳首の付け根を交互に舌で舐《ねぶ》られて、快感を訴えるように下腹部が脈動を強くする。

彼の唾液で濡れた薄桃色を、熱い息が掠めるのも気持ちがよくて、羞恥心は遠くへ雲隠れしてしまう。

「気持ち……ぃ、あぁ……ニコラス、さまぁっ……」

ヴェロニカが呟けば、彼は小さく肩を揺らした。

ニコラスは「ん」と短く唸り、小さな果実を頬張《ほおば》るように薄桃色の蕾を口に含む。

「あう、ぅっ」

口を窄《すぼ》めて蕾を吸い上げるニコラスに、ヴェロニカは恍惚とした眼差しを向ける。伏せられた長い睫毛が瞬きで上下するようすを見て胸が締めつけられるのはなぜだろう。

彼の口腔から伝わってくる熱が全身を焦がす。

水音が立つほどきつく吸い立てられれば、甘い快楽の頂上へと高く高く昇っていった。

「あぁあっ、う、んぅ――」

ヴェロニカは下腹部をビクッ、ビクッと上下させて、ニコラスに快感の度合いを伝える。

彼はゆっくりと顔を上げた。

「……達してしまったのか」

責めるような口調なのに、どこか嬉しそうだった。

ヴェロニカが瞳を潤ませて小さく頷くと、ニコラスは乳房の頂を指でつんっと跳ね上げてから右手を下方へ滑らせた。

絶頂に達した余韻でビクビクと震える下腹部を、大きな手のひらが撫でつける。

お尻の割れ目に沿って走っていた紺色の生地を、軽く引っ張り上げられた。そうされるとますます燻って、心地よさがずっと続いていく。

ニコラスは親指で花核を軽く押しながら、蜜の零れ口へ中指を挿し入れる。肉襞を掻きわけて、長い指が内側に侵入してくる。

指はひと思いには進まず、蜜壺の潤み具合を確かめるように前後する。彼の指が押し引きするたびに「あ、ぁっ」と高い声が出た。

「ふぅう……」

ヴェロニカが吐息混じりに喘げば、ニコラスは中指を折り曲げてお腹《なか》側を擦りだす。

「ひ、あ……っ⁉」

瞬時に胸の頂がぴんっと鋭い形になり、四肢の先端が甘く痺れたようになる。

狭道の奥へ進むものだと思っていた指が急に進路を変えて、しかも壮絶な快感をもたらすものだからヴェロニカは混乱した。

「や、やっ……あぁ、だめ……指、だめ……です、そこ……うぅっ」

ヴェロニカは腰を左右に揺らしながら首を振る。紅い髪が白いシーツの上で踊る。

「指は、だめ？　ではなにがいい？」

尋ねられたヴェロニカはつい彼の下半身に目を遣ってしまう。雄の象徴は寝衣越しでもはっきりわかるほど張り詰めていた。

「ニコラス、様の……もっと、大きな……そ、その」

ヴェロニカの催促を受け、彼は眉根を寄せて口の端を上げる。隘路の中からそっと指を引き抜き、寝衣のボトムスを下穿《したば》きごと下ろす。

露わになった一物は猛々《たけだけ》しく上を向いている。

ニコラスはヴェロニカの両足を肩に抱え上げた。腰が浮いたことで焦っていると、彼の大きな雄杭を蜜口にあてがわれた。

――こんな体勢で繋がるの⁉

目を白黒させるヴェロニカをよそにニコラスは「ふ……」と息を漏らしながら腰を前へ動かす。

「ん、あっ……ぁあ、うっ……」

見た目どおりの大きなそれが、めりめりと体の中へ押し入ってくる。こういう体勢だからか、剛直さがよくわかる。

ニコラスはヴェロニカの乳房を下方から持ち上げて揺さぶりながら腰を前後させた。以前とは異なる箇所を、硬く大きな楔で擦られている。

「ふっ、う……あぁ、んっ……ん、ぁっ」

隘路は快く蠕動《ぜんどう》して、雄物を奥へと誘《いざな》う。

いつのまにか彼の楔は行き止まりにまで達していた。淫茎は蜜壺の中にぴたりと深く嵌《は》まり込《こ》む。

「あ、ぁ……ふか、い……！　ニコラス、様……の、いっぱい……なって……あ、ぁっ」

絶え絶えに、懸命にヴェロニカは言葉を紡ぐ。ニコラスは隘路の最奥にぐりぐりと淫茎を押しつける。

「ん……っ、ヴェロニカ……。よく、締まる――」

彼は何気なく呟いたのかもしれない。それでもヴェロニカにとっては一大事で、彼が気持ちよさそうにしていることが嬉しかった。

初めて繋がりあった舞踏会の夜は、彼の顔を見ている余裕はなかった。

いまもそれほどまじまじと観察できているわけではないが、ニコラスのいろいろな表情を見たいという好奇心に押されてヴェロニカは目を凝らす。

ところがじいっと見つめ返されてしまい、気圧される。美貌の彼が不思議そうに首を傾げるものだから、ときめきを覚えて下腹部に熱溜《だ》まりが生まれる。

婚前に兄がニコラスのことを「無表情だ」と言っていたが、やはりそんなことはないといまなら自信を持って言える。

――けれど、どうやって伝えればいいのかしら。

閨で彼がどんな表情を見せてくれるのかを話すわけにはいかない――と、ヴェロニカが考え事をしているのを見抜いたのか、ニコラスはぐいっと大きく楔を引いてヴェロニカに揺さぶりをかける。

「きゃっ！　うっ……ん、んふっ……！」

ニコラスは隘路の入り口から行き止まりまで、大きな動きで淫茎を走らせる。

体内はよく潤っていて摩擦はないはずなのに、ずず、ずずずっ……と擦れる感覚が如実に伝わってくる。

大胆な抽送のせいか、ぐぷっ、ぐちゅっと水音が響くようになってきた。ニコラスが円を描いて蜜壺を掻きまわすので、水音はどんどん大きくなる。

抱え上げられている足の先がじんじんと痺れて熱くなる。腰が浮いた不安定な体勢だと思うのに、初めての夜よりもずっと感じている気がする。

そしてそれはきっと彼も同じだ。

ニコラスは、ヴェロニカの紅い前髪を掻《か》き上《あ》げたあと、自分の髪も同じように後ろへ撫でつけた。

汗ばみはじめた額に手のひらをあてがわれる。そのあとは頬や首筋を撫で下ろされた。

官能的な手つきだと思ってしまうのは、互いの切ない部分が繋がっているからだろうか。

彼の一挙一動が色っぽく思えてくる。

――キス、したい。

そんな衝動に駆られて両手を伸ばす。ニコラスはすぐに応えてくれる。

彼は肩に抱え上げていたヴェロニカの両足をベッドに下ろして左右に広げさせたあと、男根の抽送はそのままに、流れるような身のこなしで、唇に唇を押しつけた。

それから胸の蕾を爪でつんっと弾かれる。相変わらず彼はいくつものことを同時に行う。それも、どれかが疎《おろそ》かになることはない。

楔はひっきりなしに狭道を往復し、唇は角度を変えて何度も啄まれ、胸の尖りは指先で上へ下へと嬲られている。

「んっ、んん……っ、ふ、う……んむぅ……っ！」

身も心も高まっていくのがわかる。快感に比例して愛しさが募り、彼が好きだと叫びたくなる。

しかし唇は情熱的なキスに見舞われて、言葉を発することができない。ヴェロニカは態度で示すべく、彼の背に腕をまわす。

するとくちづけが激しさを増した。胸の蕾を弄る指や楔も同様に、速さを伴ってくる。

「ふっ……!?　あ、あぁっ……やぅ、んっ……あぁっ！」

ニコラスは顔を上げると、ヴェロニカの太ももを両手で軽く押し上げながら腰を前後に振った。

乳房とその先端、胸と腰まわりにあしらわれたフリルレースがふるっ、ふるっと惑うように揺れる。

花びらを思わせるレースが翻るたびに快感と卑猥さが増していくようだった。

ニコラスはヴェロニカの揺れているものすべてに手を這わせる。小花の地模様が入ったレースを指先で弄び、弾む乳房の揺れを抑えるようにぎゅっと鷲掴みにする。

「ひ……ぁっ」

乳房は、強く握られても気持ちがよかった。先ほどフリルレースにしたのと同じように、ニコラスは胸の頂を指で上下に嬲る。

乳輪を二本の指で挟まれてその先端を弄られる。身動きが取れなくなった乳首はひたすら彼の指に嬲り倒されて、快感を訴えるようにますますその身を硬くした。

「ん……っ」と、ニコラスが吐息混じりに低く唸る。

内壁を擦る淫茎の動きが加速する。

初めて契りを交わした夜よりももっと、底なしとも思える快楽に呑《の》み込《こ》まれる。舞踏会の夜、彼は手加減をしていたのだろう。

律動はさらに速さを増し、幾度となく最奥を穿たれる。

「ふぁあ、あぁっ……！　んっ、はぅ……う、くぅ」

彼が本気を出したら、いよいよ前後不覚になりかねない。快感に溺れるだけになってしまいそうだ。

――でも、遠慮せずに求めてくださるようになったのだわ。

ヴェロニカは「嬉しい……です」と率直に言った。急にそんなことを言っても伝わらないと思うのに、口に出さずにはいられなかった。

ニコラスは小さく唇を震わせると、眉根を寄せながらもほほえみを浮かべた。それから、乳首を弄っていないほうの手で淫核をなぞり上げる。

「ひぁあっ⁉　あっ、そこ……一緒に、なんて……や、あっ、あぁあっ」

視界が定まらないくらい激しくすべてを揺さぶられる。もはや自分がなにを叫んでいるのかわからない。いましがた考えていた『前後不覚』の事態に陥りながら、ヴェロニカは快楽の高みを味わう。

「あぁ、んんっ……ふ、ふぅうっ……！」

彼は淫茎を引き抜くと、ヴェロニカの胸の下方にどっぷりと吐精した。ビュッ、ビュクッ……と脈動する男根を、ヴェロニカは惚《ほう》けたまま眺める。

先に我に返ったのはニコラスだ。

「……すまない、汚して……しまった」

ニコラスはヴェロニカの背に腕をまわして体を起こさせ、濡れた服を脱がせにかかる。ドレスのトップスは背でリボン結びになっていたので、解かれればすぐに脱ぐことができた。

彼はヴェロニカの腰を抱いたまま、薄桃色の乳輪を指で辿る。

「ん……ふ、ぅ……」

肌をなぞられるのが気持ちよくて腰が左右に動いてしまう。それに伴って乳房がゆらゆらと横揺れした。

ニコラスはぴたりと指を止め、ヴェロニカに頬ずりする。

「……っ、だめだ……。そんなふうに反応されたら、おさまらない」

その言葉を聞いて下を見れば、淫茎は膨らみを取り戻していた。ヴェロニカは深く考えずにこくっと頷く。

するとニコラスは、ヴェロニカの腰と脇のあたりを掴んで誘導しはじめる。彼の膝に座らされるようにして、ふたたび雄物を体の中に収めた。

彼だって一度は絶頂へ達したはずなのに、一物はまったく衰えを見せず直立している。ぐぐ、ぐっと強く内壁を突き上げてくる。

「ん、あぁっ……ふ、う……っ」

仰向けに寝転がる体勢と比べて挿入はそれほど深くないと思ったのに、彼が下から勢いよく突き上げてくるせいで男根の存在感が増す。

「あっ、ぁっ……んっ、あぅ、ふぁあっ」

どこを突かれても感じてしまって、そのたびにはしたない喘ぎ声が口から溢れる。

ニコラスは揺れる乳房を持ち上げてその先端をれろりと舐め上げた。

「ひぅうっ……！」

なんて刺激的なのだろう。胸の先端を、舌で抉るように嬲られている。乳首は彼の舌を弾こうとするものの、押し負けて形を変える。気持ちがよすぎておかしくなりそうだった。

もう片方の乳首は指のあいだに挟まれ、くにくにと踊らされる。下からの猛攻もあいまって、頭の中は快感一色になる。

「ぁん、あっ……はぅう、うっ」

がくがくと定まらない視界の中で、額に汗を滲ませたニコラスの存在だけが際立っている。

「ヴェロニカ」と名前を呼ばれた。求められる悦びが全身を駆け、手や足先など隅々まで快感を運ぶ。

ヴェロニカは首を縦に振ることで呼びかけに応える。意味のある言葉を発する余裕はなかった。

「ふっ……あぁ、あぁあ――……！」

大きく背を仰《の》け反《ぞ》らせて、ヴェロニカは三度目の恍惚境へ達した。

第四章　国王陛下の渇愛

曇りのない晴れ空を見てヴェロニカは心を躍らせる。

「お天気でよかったです」

ヴェロニカの率直な言葉に、ニコラスは「そうだな」と答えてほほえんだ。

ぽかぽか陽気の休日。ふたりはサリアナ城の庭を歩いていた。ここは外部の者が立ち入ることのない、ニコラスの私的な庭なのだそうだ。

濃淡の異なる茶色い煉瓦《れんが》が敷き詰められた小道をゆっくりと進んでいく。

小道の両側にはロサ・カニーナが植えられている。薄桃色の花びらと、黄色い雌しべと雄しべのコントラストはどこか素朴で、眺めているだけで気分が和む。

「きみが城へ来てもう一月以上経っているというのに、庭の案内がいまになってしまってすまない」

ヴェロニカは「とんでもないことでございます」と返して笑みを見せる。

五年前は、ノーザラル校の庭を散歩しようと約束したものの叶わなかった。

そのあとも彼と会うことはあったが、舞踏会や茶会など公的な場所ばかりで、ふたりでゆっくりと過ごすことはなかった。

結婚してからは互いに公務で忙しかったし、夜はずっとベッドにいる。

ヴェロニカは熱い夜を思いだして頬を染めながら言う。

「あの――五年前は、お約束していたのに申し訳ございませんでした」

ヴェロニカが唐突に五年前の話をしたから驚いたのか、ニコラスは目を瞠り足を止めた。穏やかに紫眼を細める。

「きみのせいではない。ノーザラル校の庭をともに散策できなかったのは残念だったが、こうしていま……至高のひとときを味わうことができている」

恭しく手を取られ、甲にキスを落とされる。柔らかな唇の感触にどきりとしてしまったことに、彼は気がついただろうか。

「庭の花々を楽しんでもらえると嬉しい」

ニコラスの向こう側に咲き乱れる花々が、彼の美しさをいっそう際立たせる。この圧倒的な麗しさを見慣れる日は、きっと来ない。

彼と手を繋ぎ、ふたたび歩きはじめる。少し冷たい風がニコラスの白金髪をさらさらと撫でていく。

あらためて隣を歩いていると、ニコラスの足がとても長いことがよくわかる。彼のほうが歩幅が広いものの、ごく緩やかな歩調を保ってくれているので急がずともよかった。

──いつもそうだわ。わたしに合わせてくださっている。

「あの……わたし、もっと速く歩くこともできます」

なんでも合わせてもらうのでは申し訳ない。

意気込むヴェロニカを、ニコラスはほほえましく見おろす。

「そうか。だがこのままでいい。前にも言ったがきみにはありのままでいてもらいたい。鍛えるために早歩きするのでなければ」

いたずらっぽく笑う彼に、釘《くぎ》付けになる。ニコラスは以前よりも朗らかな笑みを見せてくれるようになった。

──結婚する前だって、柔らかな笑みは浮かべていらっしゃったけれど……いまのほうがもっと親しみやすい。

そんな彼を独占したい衝動に駆られながらも、ヴェロニカはニコラスと一緒にガゼボへ向かった。

六角屋根のガゼボではすでに紅茶の準備が調っていた。

ガーデンテーブルには美味しそうなケーキやタルトがずらりと用意されている。行儀が悪いと思いながらも目移りしてしまう。

ヴェロニカとニコラスはガーデンチェアに並んで座った。

「どれから食べる？」

迷っているヴェロニカの心を見透かしたように彼が訊いてきた。

「そうですね――ジャムのタルトをいただこうかと」

心を決めて話せば、ニコラスが「食べさせてあげよう」と提案してくる。

「えっ？　なぜ、ですか？」

「きみを甘やかしたい」

「そんな……わたしはいつも、充分すぎるほどニコラス様に甘やかされています。本当にたくさん、よくしていただいて――」

「そうかな」

ニコラスはジャムのタルトを小皿に取り、ナイフとフォークできれいに切り分ける。

「もしそうだとしても、足りない。もっと……まわりが見えなくなるくらい、私に甘えていい」

彼にはいつだって、どろどろに甘やかされている。嬉しくて幸せだと思うものの、このままでいいのだろうかという気持ちも出てくる。

「でも、わたし……このままではだめになってしまいそう、です」

「だめになってもいいんじゃないか」

冗談ぽくそう言うなりニコラスが頬にキスをしてきた。ヴェロニカは驚きのあまり口をぱくぱくと縦に動かしながら首を横に振る。

ニコラスはヴェロニカの動揺などまったく気にしていないようすでうっとりとほほえみ、ジャムタルトの一欠片《ひとかけら》をフォークに載せる。

口の前まで運ばれてきてしまえば、食べないわけにはいかない。ヴェロニカは「いただきます」と前置きして口を開け、ジャムタルトを食べた。

彼にずっと見られているせいか落ち着かない。口がうまく動かない。そのせいできっと、口の端が汚れていたのだと思う。

ニコラスはヴェロニカの口の端についていたジャムを舌で掬いとる。肉厚な舌で唇を舐め上げられたヴェロニカは「ひゃっ!?」と叫び声を上げた。

「……っ、ニコラス様！」

ヴェロニカが咎《とが》めるように呼びかけても、彼は首を傾げてとぼけるばかりだ。

ここにはユマや他の侍女たちもいる。彼女たちは少し離れたところにいるが、ニコラスがなにをしたのか、はっきりとわかったはずだ。

「ふたりきりでは、ないのですよ？」

小さな声で言えば、彼は素知らぬ顔で「ああ」と相槌を打つ。

「侍女たちの前でこんなふうに世話をされるのは嫌だったか？」

「そういうわけでは……ないのですが、ニコラス様の威信に関わることかと」

「私は気にしない」

ぴしゃりと言い放ち、彼はなおも給仕を続ける。

ジャムタルトの次は紅茶だ。ニコラスは手際よくポットからカップに紅茶を注ぎ、ヴェロニカの口元へ持っていく。

「あの、さすがに紅茶は」

「遠慮せずに」

「うぅ……」

厚意を無下にもできず、紅茶に口をつける。ところがやはり、うまく飲むことができずに例のごとく口から零れてしまう。

ちゅ、ちゅうっと水音を立てながら唇のすぐそばを吸われる。

――もしかしてニコラス様、わざと零れるようになさっている？

いや、わたしが不器用だから上手に飲み込めないのだ――と考えを改めつつも、人目のあるところで唇の近くを舐められるのはいたたまれない。

恥ずかしいのはもちろんのこと、彼の舌を気持ちよく感じてしまって、あらぬ箇所が疼くのだ。

「ニコラス様……っ、どうか、お願いですから――ふたりきりになれるところへ」

「ん――そうか？　では城へ戻ろう」

来た道とは別の、薔薇のアーチがトンネル状になっている道を通って城へ戻る。

「じつはきみに渡したいものがある」

ふたりでニコラスの書斎へ行く。ユマたちはケーキとタルト、ティーセットを書斎まで運んでくれた。そのあとで「なにかございましたら呼び鈴を」と言って書斎を出ていった。

「これを」

紅いリボンが飾られた長方形の箱を受け取る。ヴェロニカは「ありがとうございます」と礼を述べながらも、中身が気になって仕方がない。

「すぐに開けさせていただいても？」

「もちろん」

わくわくしながらリボンを解き、箱の蓋を開ける。中から木彫りのクマが顔を出す。瞳には大粒のルビーが嵌められている。愛らしい顔つきのクマを見てヴェロニカは破顔した。

「もしかして、ニコラス様の手作り？」

ニコラスは照れたようすで頷く。

「ありがとうございます、大切にいたします！」

「一緒に眠ってやってほしい。すでにきみの部屋にあるクマのぬいぐるみと差し替えてもいいんじゃないか」

「いえ、みんな一緒に眠らせていただきます」

い。

　とはいえ、最近はニコラスの部屋で眠ることが多いので自分の部屋ではあまり寝ていな
　ニコラスは一瞬不満そうに唇を尖らせたが、ヴェロニカが木彫りのクマを眺めながら
「本当にかわいらしいです」と言うと、すぐにまた笑みを取り戻した。

「そうか――まあ、気に入ってもらえてよかった」

　ヴェロニカは満面の笑みで頷いて、クマの頭を指で撫でる。すると五年前、彼から彫刻を教わったときのことを思いだした。

　ニコラスから教わっていたからこそ、この木彫りのクマがいかに精巧かわかる。この世にふたつとない素晴らしい品だと、わかる――。

「ニコラス様……！　もしよければ、また彫刻を教えていただけませんか？」

　兄に禁じられて以来、彫刻刀を握ることはなかったが、本音としてはもっとやってみたかった。

　自分の手で作りだす唯一のものを、もっと作ってみたかった。

　ニコラスもまた五年前に思いを馳《は》せていたのか、あのころと同じ穏やかな笑みを湛えて
「それはいい」と答えた。

「材料はすでに――というか、いつも揃っている」

　ニコラスは書斎の棚から木材と彫刻刀、それからサンドペーパーを取りだしてローテー

ブルに置いた。

「ニコラス様はいまもよく彫刻を？」

「そうだな……。国王に即位してから機会は減ったが、いつでもできるように材料は切らさないでいる。彫刻刀の手入れも万全だ」

「ありがたく使わせていただきますね」と言葉を添えてソファに座ると、ニコラスはそのすぐ隣に腰を下ろした。

「なにを作るか決まっているか？」

ヴェロニカは顎に手を当てて「う～ん」と考え込んだあとで「彫刻は久しぶりですので、タルトのようなものを」と答えた。

ローテーブルの中央には、先ほどユマたちが運んでくれた扇形のタルトが置かれている。それを参考にして作ればよい。

ニコラスに見守られながら彫刻刀を握り、木材を削っていく。

「基礎はきちんと身についているな」

ニコラスは優しく目を細めて「優秀だ」と囁き、ヴェロニカの頭を撫でる。褒めてもらえて嬉しいせいか、頬だけでなく耳まで熱くなった。

ヴェロニカは真剣に、少しずつ作業を進める。しだいに熱中し、時間を忘れて手を動かした。

そのあいだ彼はずっと傍らにいて、ヴェロニカのようすを見ていた。

「いい具合になった」

彼の言葉を聞いて彫刻刀を置く。まだ表面は荒削りだが、タルトの形にはなっている。

「あとはサンドペーパーで仕上げるといい」

「はい！」

黙々とやすりがけに励む。

――いつかわたしも、ニコラス様のように精巧なものを作れるかしら。

スキルを積み重ねていけばきっと作れる――と自身を鼓舞して、ヴェロニカはサンドペーパーで木材を擦った。

やすりがけに没頭する妻を飽きずに眺めていたニコラスだが、見ているだけでは物足りなくなったのか、ヴェロニカの顔を覗き込む。

「そろそろ休憩しては？」

「はい、あの……もう少しだけ」

「ん……」

ニコラスはヴェロニカの顔を覗き込むのをやめ、足を組んで作業の終わりを待つ。

それからまた小一時間ほどが経った。

「――ヴェロニカ」

痺れを切らしたように呼びかけられた。

「もう、少し……」

「では手伝おう。やすりがけにもコツがある」

ニコラスはヴェロニカの背後へまわりこむ。後ろから抱き込むようにして両手を覆われ、一緒に手を動かす。

大きくて温かな手にずっと触れていると、しだいに妙な心地になってきた。集中できなくなる。

――だめよ、真面目に頑張らなくちゃ。せっかくこうして指導してくださっているのだから。

ヴェロニカは彼の熱い吐息を感じながらも、また褒められたい一心で目の前のことに集中しようとする。

ところが彼は低く甘い声で話をはじめる。

「私がノーザラル校を卒業できたのはヴェロニカのおかげだと、知っていたか？」

「え――」

ヴェロニカは手を止めて後ろを振り返る。ニコラスは「やっと目が合った」と呟いて言葉を足す。

「寄宿学校にいたころ、エドガーによく嫌がらせをされていたんだ。北端の教室で催しをすることになったのも、悪い噂を立てられたのもエドガーの仕業だ」

「そんな……！」

「自棄《やけ》になっていた私を、きみが救ってくれたんだ」

そう言われても、ヴェロニカにはまったく心当たりがなかった。

「わたしはただニコラス様に彫刻を教えていただいただけで……なにも、しておりません」

「救いの女神は、あのころと変わらず謙虚だ」

彼はヴェロニカの両手を覆うのをやめて、ドレスの胸元をすうっと撫で上げる。

急にそこを触られても嫌だとはまったく思わないが、驚いてしまいビクッと肩が弾んだ。

――でもまだ陽が高いわ。

柱時計を見れば、書斎に来てから何時間も経って昼近くになっていることに気がついた。

それでもやはり、性的なことをするには早すぎる時間だ。

「あ、あの……？　やすりがけのコツを……教えていただきたいのですが……」

淫靡《いんび》な雰囲気にならないようにしなくては。休日とはいえ、昼間から情事に耽るのはよくない。

「……わかった」

彼は返事をしたものの、その言葉とは裏腹にドレスのボタンを外しはじめる。

「ニコラス様――だめ、です。まだお昼ですから……」

「だめ？　だがコツを教えるのに必要なことだ」

「そ、そう……なのですか？」

ニコラスは詰め襟のくるみボタンを次から次に外していく。手際がよすぎて留め直す暇がなかった。

ドレスのボタンは瞬く間に胸の下まで外れて、コルセットが露わになる。デイドレスの詰め襟を左右に開かれ、袖を肘のあたりまで引き下ろされた。

コルセットの編み上げ紐に彼の指がかかった。容易く紐解かれて、胸の締めつけがなくなる。

「あっ……あの……カーテンを、閉めても……？」

夜、ベッドにいるときにも壁掛けランプの光はあるが、陽光の明るさには負ける。いま、この部屋は明るすぎるから、せめてもう少し暗くしたかった。

彼がくすっと笑うのがわかった。

耳のすぐそばで、熱っぽく「だめ」と囁かれる。

艶を帯びた掠れ声を聞いて――まだ昼間なのに、こんなに明るいのにという――理性的な考えが頭から抜けてしまう。

「部屋を暗くして手元が狂ってはいけないだろう？」

尤《もっと》もらしい発言をして、ニコラスはシュミーズの前も開ききった。

――わたしはそうかもしれないけれど、ニコラス様は……暗くたって手元が狂うことはないわ。

彼はいついかなるときも的確だ。触れる箇所を見ずに手探りでだって、間違いなく悦びを与えてくれる。

それなのに彼は、後ろから肩越しに胸のほうを覗き込んでくる。明るみに出てしまった乳房を、自分では直視することができなかった。

「尖ってる……」

ヴェロニカがやすりがけしていた木材ではなく、乳房の先端を見つめてニコラスが言った。

「や……そんなに、見ては……」

「対象物をよく見るようにと、教えたはずだ」

だからいいだろうと言わんばかりにニコラスはなおもまじまじとヴェロニカの乳首を観察する。

五年前たしかにそう教わったが、いまはどう考えても意味合いが違う。わかっていても指摘はできなかった。

彼の視線を心地よく感じてしまって、なにも言えないのだ。

乳首のこの状態を見れば、興奮していることは明白だ。

——それなのに白々しく反論するなんて、できない。

そしてどんどん貪欲になる。

眺めるだけでなく、早く触れてほしいと思ってしまう。

無意識のうちに肩が揺れ、膨らみの先端が小さく踊る。するとニコラスはようやく両手を動かしはじめた。

デイドレス越しにゆっくりと脇腹を撫で上げられる。

「ん……ふ……」

それだけでもう気持ちがよくなってしまうのが情けない。彼の手は巧みで、悦いところをたくさん知っているのだと、ヴェロニカもまた知っている。

ニコラスはヴェロニカのたっぷりとした双乳を両手で持ち上げる。乳房の重さや形を調べるような仕草だ。

ヴェロニカは「ぁ、ん」と小さく喘ぎながら、身を捩ってちらりと彼の顔を見る。目が合うなり頬にちゅっとくちづけられた。

乳輪の下方をふにふにと押され、尖りの部分が不規則に揺らめく。

「は、う……ふぅ……っ」

先ほど唇で触れられた頬も、いま指で擦られている薄桃色の乳輪も、陽光に当てられたようにひどく熱を持っている。

長い指はじりじりと頂へ上りつめた。初めは羽根で撫でつけるように軽く、じっくりと。そのあとは優しく丁寧に、対象物を傷つけまいとする慎重な擦り方をされる。

「あぁ……っ、ん、ん……くぅ」

快感に悶《もだ》えるヴェロニカの顔を窺い見ながらニコラスは言う。

「こういう手つきで、すればいい。さあ実践だ」

やんわりとサンドペーパーを持たされたものの、指先に力が入らなかった。それでもニコラスはヴェロニカの体に教え込もうとする。

彼の指が頂の表面を擦るたび「あぁ、ふぁあっ」と高い声が出て、とうとうサンドペーパーを摑んでいられなくなった。

「……手が止まっているな。わかりづらかったか？　こっちのほうでもしてみせようか」

「ふっ……？」

彼の言う「こっちのほう」がどこのことなのかわからずに首を傾げると、ドレス越しに足の付け根をすりすりと摩られた。

とたんにその箇所が快感を期待しはじめる。

いや、胸を露わにされたときからすでに疼いていたのかもしれない。ヴェロニカはもじもじと内股を擦り合わせる。

ニコラスはドレスの裾を捲り、ドロワーズのクロッチ部分へと手を忍ばせた。

ドロワーズの生地越しに、爪でカリッと花核を引っかかれる。

「ふぅう……っ！」

鋭くも心地よい刺激を受けて全身がビクッと弾んだ。その反応を褒めるようにニコラスはヴェロニカに頬ずりをする。彼の頬はすべやかで温かい。

――ずっと触れ合っていたら、わたしが溶かされてしまいそう。

頭の中はすでに溶けはじめているようにも思う。

ドロワーズの生地を隔てて淫核を押されると、気持ちがよいという感覚以外はすべてが彼方《かなた》へ飛んでいく。

呼吸が乱れて、口も脚も閉じることができずにだらんと開いてしまう。

「は、ぁ……あぁ、う……んんっ……」

じれったい快感が続いていた。ドロワーズのクロッチ部分は左右に退けて、じかに触ってほしい。

ヴェロニカは腰を大きく揺らすことで彼の手をドロワーズの内側へ誘導しようとするが、うまくいかなかった。

ニコラスはわざとそうしているらしく、なかなか花園を暴いてくれない。

「や、やぁっ……」

音を上げれば、ニコラスは息を漏らして笑った。

「体感するほうが早くコツを掴めるだろうと思ってこうしているが……違ったかな」

心なしか彼の声は弾んでいる。ニコラスの表情はわからないが、きっと楽しそうにしている。

もうそれどころではないと、彼もわかっているはずだ。

ヴェロニカは声もなく口を動かし、恨みがましく彼を振り返った。

「ニコラス様……！　い、意地悪は……なさらないで……？」

必死の訴えだというのに、彼はおかしそうに笑っている。

ヴェロニカが瞳を潤ませて唇を尖らせれば、ニコラスは「すまない」と謝った。

「きみはいつもかわいらしくて、何事にも一所懸命だから――」

耳朶をぺろりと舐め上げられ、ちゅっと吸い立てられる。

ごく間近で聞こえた水音が快感を倍増させる。

彼の指は水を得た魚のように、急に速く動く。

右手は乳首を根元からつまみ、左手はドロワーズの布を避けて花芯へと届いた。

期待ばかりして燻っている小さな粒を二本の指で挟まれ、きゅ、きゅっと引っ張り上げられる。

それとは反対で、胸の棘は根元をつままれ、人差し指でぎゅうぎゅうと押し込められた。

「ひぁ、んっ……あぁう、あっ、あぁ……っ」

喘ぎながら天を仰ぐと、首筋に唇を寄せられた。あちらこちらの肌を吸われ、花びらを散らされる。

キスマークを隠すため、最近は昼も夜も詰め襟のドレスばかり着ている。

ユマが「陛下はよっぽどヴェロニカ様のお胸を他人に見せたくないのでしょうね」と不満そうにぼやいていたのを思いだした。

――でも、わたし……嬉しいと思ってしまっているわ。

彼に、夢中になってもらえる日も近いのではないか。

ユマの言う「メロメロにしちゃおう作戦」は順調なのではないかとヴェロニカは考えていた。

「……ヴェロニカ？」

考え事をしているのを見透かしたように、ニコラスは指先に力を入れて刺激を強める。

「ひぁ、あっ……」

胸の蕾と、足の付け根の花芯を指でぐりぐりと押される。二箇所とも、もうこれ以上ないというくらいに硬くなっている。

「凄まじい弾力だ」と彼が感想を述べるものだから、一気に羞恥心が燃え上がった。

上気したヴェロニカの肌をニコラスはまた、ちゅうっと強く吸う。

敏感なふたつの箇所をぐり、ぐりっと強く押しつぶされる。そうされても痛みはなく、ひたすら気持ちがよくて「ふぁあ、あっ」と喘ぐばかりになる。

「あ、あぁっ……まだ、昼……なのに。わたし……う、んんっ……！」

じかに触ってほしいと希《こいねが》っていたくせに、言いわけしている自分がおかしくなる。ヴェロニカは理性と快楽の狭間で揺れていた。

「昼間だが、休日だ。それに『ありのままでいい』と、いつも言っている」

気持ちよければ達してもいいのだと仄《ほの》めかして、ニコラスはなおも指を上下させる。

乳房の先端と淫核を素早く擦り立てられて身悶えしていると、テーブルの上に置いていた木彫りのクマと目が合った。

ルビーの瞳が、窓から差す陽を受けてきらりと光る。

切ない箇所を擦る指の動きが加速する。全身が蕩けていくような錯覚に陥りながら、ヴェロニカは「あぁぁあっ……！」と声を上げて絶頂を極める。

体から力が抜けて前へと倒れそうになるのをニコラスがしっかりと支えてくれる。

彼の顔が見たくて後ろを向くとすぐに唇同士が重なった。

その後もずっと、甘い戯れが続くのだった。

公務の一環としてガーデンパーティーを主催することになったヴェロニカはその準備に追われ、慌ただしく過ごしていた。

クルネ国ではいつも兄のアランが茶会の指揮を執っていた。

ヴェロニカが手伝っていたのは茶葉や菓子の選定など裏方がメインで、茶会当日の挨拶は専らオリヴィアの担当だった。

一時間後に催すガーデンパーティーにはニコラスも出席することになっているものの、彼には国外から急な来客があり応対中のため、パーティーの時間に間に合うか微妙なところだ。

――わたしが主催するのだから。いつまでもニコラス様に頼りきりになってはだめ。

ニコラスはほかにも議会や視察など公務が立て込んでいる。それに対してこのガーデンパーティーは、ごく親《ちか》しい貴族のみを招待したこぢんまりとしたものだ。

ゲストに楽しんでもらうのはもちろん、このガーデンパーティーが成功すれば、少しはニコラスに安心してもらえるかもしれない。

王妃として成長しているところを彼に見せたいと思った。

そうして気負いすぎてしまったせいか、ガーデンパーティーが始まる間際になるとヴェロニカは右手と右足、左手と左足をそれぞれ同時に出して歩いてしまうほど緊張していた。

サリアナ城の大きな庭には猫足の白いガーデンテーブルとチェアが並べられている。先日ニコラスと散歩した私庭とはまた趣《おもむき》が違い、都会的な印象を受ける。

そこへクライドがやってきた。ニコラスの姿はない。

「陛下はご出席が難しいので、僕だけ参りました」

「ニコラス様のおそばにいらっしゃらなくてもよろしいのですか？」

「はい。じつは陛下に、ヴェロニカ様のサポートをするようにと言われて参りました」

「そうなのですか——ありがとうございます、クライド」

「とんでもないことでございます。というかヴェロニカ様、いつまで僕に敬語なんです？」

「あ、そう……ですね。五年前に初めてお会いしたとき、ニコラス様もクライドもすごく大人でいらっしゃると感じたので……きっとそのせいです」

そばにいたユマが「ヴェロニカ様から見たクライドはおじさんなんですよ」と、笑いながら言った。

いっぽうクライドは緑色の目を細めて「そういうきみはおばさんだね？　僕と同い年なんだから」と軽口を叩く。

「おばさん⁉」

目を剝くユマを見てヴェロニカは「相変わらず仲良しね」と顔を綻ばせた。

「仲良しじゃありません！」

ユマはむきになって、クライドに何事か言い返している。ふたりの掛け合いを見ていると緊張感が和らぐ。

「――ヴェロニカ様！　クライドのことは気にせず、皆様をお迎えする準備をしましょう！」

息巻くユマの言葉に頷けば、クライドが「はいはい、気にせず頑張りましょうねぇ」と気の抜けた声で言った。

ふたりのおかげでヴェロニカはにこやかにゲストを迎えることができる。

すべての招待客と言葉を交わし、それぞれがテーブルについてお茶を飲みはじめたあとでヴェロニカもまた着席して一息ついた。

「お隣よろしいですか」

顔を上げれば、にっこりとしたエドガーがすぐそばに立っていた。

「え、ええ……もちろんでございます」

エドガーはヴェロニカのすぐ隣に座った。

「もしかしてヴェロニカは私のことが苦手ですか？　いつも笑顔が引きつっている」

どこか含みのある笑みを浮かべたエドガーに問われ、ついしどろもどろになってしまう。

これでは肯定しているようなものだ。

――けれどもうエドガー様だってわかっていらっしゃるのだから、いまさらよ。

ヴェロニカは開き直り、なにも言わずにやり過ごすことにした。

エドガーは笑みを崩さずに、ヴェロニカの後方にいたクライドを見遣った。

「クライド。あちらの侯爵が、きみに話したいことがあるそうだよ」

「……そうなのですか。では後ほど――」

「伯爵家の三男であるきみが侯爵をお待たせしていいとでも？」

クライドは苦虫を嚙みつぶしたような顔になりながらも「すぐに行ってまいります」と言い、大股で庭を歩いていった。

ユマがエドガーのぶんの紅茶を淹れると、彼はすぐに口をつけて話しはじめた。

「国王は何人も妃を娶れるのだと、ご存知ですか」

ヴェロニカは「はい」と即答する。

国の決まりとして、別段、驚くことではないし、サリアナの前国王はひとりしか妃を娶らなかった。サリアナにおいて国王は何人も妃を迎えるのが慣例、というわけではない。

――だから決して動揺してはだめよ。エドガー様の思うつぼになる。

彼は、他人がうろたえるのを見て楽しんでいる節がある。先ほどクライドが不愉快そうな顔をしたときも、エドガーはしてやったりという顔で嗤《わら》っていた。

「五年くらい前かな。ニコラスには想い人がいたようです」

「え――」

動揺してはいけないと、自分の中で釘を刺したばかりなのについエドガーのほうを凝視してしまう。

「ニコラスは、生涯でひとりの女性しか愛さないと語っていました」

過去を顧みるように、エドガーが遠い目をする。

「ほら……あの令嬢。私やニコラスとは旧知なのです」

エドガーが手を振れば、令嬢は頬を染めて会釈した。

「かわいらしいレディですよね。家柄も申し分ない。ニコラスはああいう女性も妃に迎えると良いのに」

「……っ」

ニコラスの妻はわたしだ――と主張したかったが「国王は何人も妃を娶ることができる」という話をされたばかりだ。第二妃に別のレディを迎えることは、できる。

腹の底が重くなり、黒い感情が渦巻く。まだそうだと決まったわけでもないのに、嫉妬で身が焦げそうになった。

唇を噛むヴェロニカを見て、エドガーはますます口角を吊《つ》り上《あ》げた。

ヴェロニカは深呼吸をして紅茶を飲む。

エドガーの言うことを信じてはいけない。惑わされてはいけないと思うのに、彼の言葉がずっと頭の中にこだまする。

「ニコラスは国益のため、ヴェロニカと結婚したのでしょうからねぇ。父上はクルネのオリーブオイルとワインをとても欲しがっておりましたから」

ティーカップを持つ手がビクッと弾む。アランが「この結婚は国益のためだろう」と言っていたことを思いだした。

――たとえ国益のためだったとしても、わたしと結婚してよかったと思ってもらえるよう頑張ると……決めたわ。

だからどうということはない。エドガーが言っていることを気にしてはいけないのだ。

「ニコラスに飽きられたら私のところに来てもいいですよ。いつでも大歓迎です」

「……ご冗談を」

ヴェロニカは小さく指先を震わせながらティーカップをソーサーに戻した。この震えにエドガーは気がついているらしく、手元を見て「ふ」と嘲笑した。

堂々と振る舞えない自分に嫌気がさす。

せめて表面的にでも毅然《きぜん》と振る舞うべく背筋を伸ばしていると、クライドが戻ってきた。

「ではまた、ヴェロニカ。ごきげんよう」

エドガーは立ち上がり、先ほど彼が手を振った令嬢のもとへと歩いていった。

ヴェロニカはほっとして息をつく。そんなヴェロニカを見てクライドは小さく眉根を寄せて、ユマに声をかける。

「僕のほうはたいした用件じゃなかったよ。エドガー様とはどんなお話を？」

ユマはヴェロニカの顔をちらりと見たあとで首を横に振る。

「私からはお答えできません」

クライドがこちらを見て首を傾げる。ヴェロニカは口を開けたものの、すぐには言葉が出てこなかった。

──クライドに話せば、ニコラス様に伝わってしまうわ。

自分の知らないところで「国王は次にどんな妃を迎えるのか」とエドガーが話していたとわかれば、不愉快に違いない。

よけいなことで彼の気を煩わせたくなかった。

「……世間話、でしたよ」

力なくほほえむヴェロニカに、クライドは心配そうに「そうですか」と返した。


ガーデンパーティーが終わり、私室へ戻ったあと。

ヴェロニカは執務机で季節の挨拶状を認《したた》めていた。

初めのうちは集中して文字を綴ることができていたが、しだいに羽根ペンの動きが鈍くなる。

──ニコラス様は……いまは好意を寄せてくださっているかもしれない。でも先々では？

ガーデンパーティーに集っていた令嬢たちの顔が何人も脳裏をよぎった。

──生涯で、ひとりの女性しか愛さない──

呪いの言葉のように思えてくる。その『ひとり』に、自分はなっているのだろうかと不安になった。エドガーが言っていたことは──ニコラスには五年前に想う人がいたというのは──真実だろうか。

そうして考えに沈みはじめると、自分以外の女性は皆が魅力的だと思えてくる。

「ニコラス様を虜《とりこ》にするには、どうすれば……？」

つい呟いてしまう。壁際に控えていたユマが眉尻を下げた。

「エドガー様がおっしゃったこと、気になさっていますね？」

「ええ……。信用ならない方だとわかってはいるわ。エドガー様の言葉を鵜呑《うの》みにしてはいけないと、思っているのだけれど──もっと、頑張りたい」

──ほかのレディに負けないように。

ヴェロニカはまだ見ぬライバルにめらめらと対抗心を燃やす。ヴェロニカの前向きな言葉を聞くと、ユマはぱあっと表情を明るくした。

「メロメロ作戦の総仕上げですね。微力ながらご協力させていただきます！」

　そのとき、柱時計が「ボーン……」と鳴り響いた。ユマは時計を見ながら言う。

「なにはともあれ、そろそろ夕食のお時間ですね。陛下が応対なさっているご来客の方も、もうお帰りになっているころではないでしょうか」

「そうね。食堂へ行きましょう」

　ユマと一緒に私室を出て食堂へ向かっていると、廊下の向こうからニコラスが歩いてくるのが見えた。

　ニコラスもまたこちらに気がついたようだった。大きな歩幅であっというまに目の前までやってくる。

「今日は同席できずにすまなかった。茶会はどうだった？」

「はい、あの……おかげさまで大成功でした」

「そうか。よく頑張ったな」

　頭を撫でられる。褒められて嬉しいはずなのに、心になにかがつかえたように、重苦しい気持ちが渦巻いていた。


　ガーデンパーティーを催した数日後。

　さっそくユマが『メロメロ作戦総仕上げ』のナイトドレスを用意してくれた。

「このドレスの紐を外して縛られたり目隠しをされたりというような、罰を与えられるプレイがおすすめのようです」

「罰を……？」

ヴェロニカは首を傾げながらナイトドレスを見る。

いや、これはドレスと呼べるのだろうか。ユマが持ってきた箱の中に収められていたのはリボン状の平たい紐のみだ。

「それではお召し替えを！」

「えっ、ええ……！」

ユマに言われるままネグリジェや下着をすべて脱ぐ。ユマは贈り物の箱をラッピングするように、ヴェロニカの体に平たい紐を巻きつけていった。

胸にはそれぞれ縦と横に紐が通っている。

乳首や秘所は平たい紐で、ぎりぎり隠されているものの、紐の端から胸の薄桃色が見えているし、下半身にしても陰唇の両端は剝きだしの状態だった。

正直なところ、ものすごく恥ずかしい恰好だ。

いっぽうユマは、ヴェロニカのラッピングを終えると満足げに頷いた。

そのあとでヴェロニカにナイトガウンを羽織らせて「頑張ってくださいね！」と励まし、部屋を出ていった。

ヴェロニカは胸に手を当てて深呼吸をすることで羞恥心をやり過ごす。

「積極的に頑張らなくちゃ」と独り言を紡ぎ、ニコラスの寝室へ続く内扉をノックした。

彼の返事を聞くなり扉を開け、ベッド端に腰掛けているニコラスのもとへ一直線に歩いていく。

心を無にしてナイトガウンを脱ぎ、ニコラスをベッドへ押し倒す。彼はいままでに見たこともないくらい大きく目を見開いていた。

ニコラスの膝に跨《また》がり、仰向けになっている彼の唇に自分の唇を押しつける。

硬い胸板とぶつかっている乳房の先端は、平たい紐の内側でぷくっと尖りきっているのが感覚でわかった。

「ん……っ」

唇同士を合わせたまま彼が呻く。艶めかしい声を聞いて、乳首はますます尖ってくる。

ふだんニコラスにされていることを真似《まね》して、何度も唇を食んだ。

ふたりの吐息が混ざり合う。

「――どうしたんだ？」

キスの合間に尋ねられた。

「い、いえ……なにも……」

彼の目を見ていられなくなって逸らす。ニコラスは訝しむように紫眼を細くした。

ヴェロニカは大きく息を吸うことで気を取り直し、ニコラスが着ている上衣のボタンに手を伸ばす。

真意を探るように、じいっと見つめられる。いたたまれなくなったものの、ヴェロニカは必死に手を動かす。

仰向けに寝転がる彼の姿は新鮮だった。枕の上に広がる白金の髪は艶《つや》やかで、つい手触りを確かめてみたくなる。

ヴェロニカはニコラスの白金髪を撫でたあと、頬を伝って鎖骨のほうにも手を伸ばした。露わになった厚い胸板の色っぽさといったらこの上ない。手でなぞれば、滑らかで硬いことがよくわかる。

魅惑的な彼を襲っているような気持ちになり、ぞくぞくしてくる。

「あ……」

足の付け根になにかが当たるのを感じて下を向く。

——もうこんなに大きくなって……。

陽根が下衣の生地を強く押し上げている。ありありと隆起しているそこに、ヴェロニカは足の付け根をあてがう。

秘所を覆っている紐越しに花芽を淫茎に擦りつける。気持ちがよくて「あぅ、あぁ……」と高い声が出る。

まるで自慰をするように腰を揺するヴェロニカを見てニコラスは息を呑《の》む。

彼の視線が心地よい。いてもたってもいられなくなり全身を揺らす。そうして淫らに踊るヴェロニカの乳房を、ニコラスは困惑した表情で下から見上げていた。

「……っ、ヴェロニカ——待て」

「ひゃっ……！」

動きを制するように、薄く平たい紐の生地越しにぷっくりと膨れ上がっている乳首の端を押される。

「なにか隠しているな？」

心臓がどきりと跳ね上がる。ヴェロニカは「んんぅ」と唸りながら首を横に振った。

ニコラスはヴェロニカの否定をそのまま受け取らず——まるで尋問するように——なおも乳首の際を指でじれったく捏ねる。

「先日のガーデンパーティーでエドガーが近くに来たそうだな。クライドにはきみのそばにいるよう言っておいたが、エドガーのせいで一時、離れざるをえなかった……と」

たしかクライドは侯爵に呼ばれて席を外した。

——もしかしてあれは、エドガー様の策略だった？

わたしはまんまとエドガー様の策に嵌まっているのではないか——と、危機感を覚える。

「エドガーと、なにかあったのでは？」

胸の紐を押す彼の指先に力がこもる。

「あ、ふ……ぅ」

もう白状してしまうほうがいい。ニコラスに不信感を与えてはいけない。

包み隠さず話さなければと思うのに、興奮してしまっているせいかうまく考えがまとまらなかった。

彼の情欲の塊に淫核を擦りつけるのは、たまらなく気持ちがよい。平たい紐からはみだしている薄桃色の部分や、乳首の根元を彼の指で押されるのもそうだ。

「ヴェロニカ」

彼が催促してくる。ヴェロニカはなんとかして理性を引き戻す。

「ニコラス様が……わたしを妃にお迎えになったのは、国益を鑑みてのこと、ですか？」

声が震えてしまった。

エドガーから言われたなかで、最も気になっていたことをつい口にしてしまった。

頭はやはりまともに働いていない。もっと順序立てて話さなければと思うのに、できなかった。

ニコラスはぴたりと手を止めて目を瞠る。

「だれが、そんな戯言《たわごと》を？」

あからさまな怒りを孕んだ、ひときわ低い声を聞いて肩が弾む。

恐怖ではなく快感で全身が震えてしまう。

──ニコラス様は怒っていらっしゃるのに、悦んでしまうなんて。

どれだけ不埒なのだろうと、自分自身の痴態が心底恥ずかしくなり、涙腺が熱くなった。

ヴェロニカが怯えていると思ったらしいニコラスは「いや」と前置きして言葉を足す。

「だれが言っていたのか、きみがわざわざ口にするまでもないことだ」

彼は自身を落ち着かせるように長く息をついた。

「国益などまったく関係ない」

頬に伸びてきた手は温かく、優しい。

「きみが欲しかった。それだけだ」

その一言で、エドガーの言葉はすべて掻《か》き消《け》された。

「わたし、が……欲しかった？」

同じ言葉を尋ね返せばすぐに彼は「そうだ」と肯定してくれる。

喜びと安堵のあまり涙が溢れた。同時に、どうしてもっと早く彼に確かめなかったのだろうと反省する。いや、確かめるのが怖かったからひとりで空回りして悩んでいた。

ニコラスはヴェロニカの涙を労しげに指で掬う。

「まだ、なにか……エドガーに吹き込まれたことがあるんじゃないか」

ヴェロニカは頷き、ガーデンパーティーでエドガーと話したことを洗いざらい白状した。

国王は何人も妃を娶れること。

五年前ニコラスには想い人がいたこと。

生涯でひとりの女性しか愛さないと、かつてニコラスが言ったと聞いたこと。

すべてを話し終わると、心のつかえが取れるようだった。そうして、本当はすべて話してしまいたかったのだとやっと気がつく。

彼の両腕が背にまわり込む。ぐいっと力強く引き寄せられた。

彼の肩に顔を埋める恰好になる。

すべてが密着すれば、ニコラスの温《ぬく》もりがよく伝わってくる。

広い胸板と逞しい腕に囚われてドキドキするものの、いまは安心感のほうが大きい。

「私が愛すると言ったのは後にも先にもヴェロニカだけだ。五年前からずっとそう」

ヴェロニカの耳元でニコラスはなおも言葉を紡ぐ。

「エドガーに、ヴェロニカのことが好きだと話さなかったのは――きみを盗《と》られたくなかったからだ」

彼の腕にいっそう力がこもる。身も心も締めつけられる思いだった。これまで彼に言えなかったこと、隠してきたことをすべて話してしまいたくなる。

「お兄様が言っていました。ニコラス様は完璧だ……と。そんなニコラス様に、わたしは釣り合わないのではないかと、思って――」

か細い声でヴェロニカが言うと、ニコラスは腕の力を緩めた。

視線を感じて顔を上げれば、ニコラスは真剣な面持ちでふるふると首を振った。

「私は完璧などではない。きみを手に入れたくていつも必死だ。国王を目指すきっかけもきみだった」

「え……？」

ニコラスはヴェロニカの髪を掬うようにして頭に右手をあてがった。

「五年前にノーザラル校で出会ったときからずっときみに惹かれていた。会うたびに好きになって……アランに、きみと婚約したいと話をした。そのときに言われたんだ。『他国なら国王にしか嫁がせない』と」

髪の根元から毛先のほうへと手で梳かれる。心地よい。

「以前は王にならずともサリアナの発展に貢献できると考えていたが、それではだめだと思った。きみのそばにいるためには、王にならなければならない。王になってきみを妻に迎え、サリアナの未来を一緒に築いていきたいと強く願うようになった」

「そ……そう、だったの……ですか？」

彼の言葉を疑うつもりはなかったが、ついそんなふうに尋ね返してしまった。

ニコラスは力強い声で「ああ」と答える。

とたんにヴェロニカは胸がいっぱいになった。目頭が熱くなり、涙が込み上げてくる。

「だが――私のわがままに、きみを付き合わせてしまっているな」

今度はヴェロニカが首を横に振る番だ。

「ニコラス様のおそばにいることができて、わたし……幸せです。わたしもずっと、ニコラス様のこと……お慕いしておりましたから」

ニコラスはほほえんだものの、すぐに表情を曇らせる。

「だがまさかきみが、国益のために娶られたと思っていたとは……。なぜすぐ私に直接、確かめなかった？」

柔らかな口調で問われた。言葉を返せないでいると、彼は悲しそうに目を伏せる。

「きみを愛しているという私の気持ちが……信じられなかったのか」

言われて初めて気がつく。ニコラスではなくエドガーの言葉を信じたも同然の行いをしてしまったと。

――わかっていたはずなのに。

心の弱さが不安を呼び、彼の愛を疑った。

ヴェロニカはひどくうろたえて、瞳に涙の膜を張る。

「ご、ごめ……なさ……わ、わたし……っ」

「責めているわけでは――いや、いまの言い方では責めているも同然か」

彼もまた動揺しているのか、荒っぽく前髪を掻き上げた。

ヴェロニカはふとユマの言葉を思いだす。

「どうか……罰、を」

この恰好は、罰を受けるためのものだとユマは言っていた。

――いまのわたしにはぴったりだわ。

罰を受け、贖《あがな》いたい一心でヴェロニカは必死の形相で「どうか」とふたたび乞う。

ニコラスのほうは小難しい顔をしていた。困惑しているようにも見える。

「罰……か。そんなもの与えたくないのに……心の底では、そうしたいと思ってしまっている」

ニコラスが性的な欲望と理性の狭間で葛藤していることに、ヴェロニカは気づかない。

「お願いいたします、ニコラス様」

ヴェロニカが意気込めば、大きな乳房をよりいっそう彼の胸に押しつけることになる。

「どうしてそんなに――？　いや……罰を与えたほうが、きみは楽になる……か？」

アメジストの瞳が、苛烈な情欲を滾らせたようにきらりと光った。

壁掛けランプの光の加減でそう見えただけだとわかっているのに、熱を帯びた双眸で見つめられれば全身を刺激される。

求められる悦びが、溢れてくる。

熱を持った手のひらがゆっくりと背を撫で上げていく。ごつごつとした感触に感じ入っていると、急にぐらりと視界が揺らいだ。

ニコラスと上下が入れ替わり、彼に組み敷かれる。

彼の上衣の前はボタンが外れて脱ぎかけだった。ヴェロニカがしたことだ。

乱れた恰好の彼が放つ艶っぽさにくらくらしていると、縦に通っていた紐を解かれた。

それでもまだ横の紐が残っているので、乳首は隠されている。

ニコラスはヴェロニカの両手を頭上でまとめ、平たい紐をぐるぐると巻きつけていった。

「ニコラス様は、このドレスの使い道をご存知だったのですか」

「……使い道？　柔らかくて平たい紐だから、手を縛るのにちょうどいいと思っただけだ」

説明されずとも本来の使い方ができる彼はすごい、と感心する。

両手の自由がなくなっても、恐怖心はまったくなかった。それどころか期待に胸を膨らませてしまっている。

彼は、とろんとした表情を浮かべるヴェロニカを見おろし、紐で覆われている乳首を脇のほうから指で辿る。

指は乳房の稜線《りょうせん》を上りつめて頂に到着する。

紐の上から、尖りきった頂をこりこりと押された。

「あう、んっ……！」

両手を頭上に置いたままヴェロニカは身をくねらせる。

よく実った乳房が横揺れするのを見てニコラスは大きく息を吸い込み、乳房を締めつけている紐を指でくいっと引っ張った。

「……っ！　ん、あ……う、あぁっ」

紐をずらされたかと思えば、その紐で乳首を嬲られるものだから喘ぎ声が止まらなくなる。硬く尖りきった胸の蕾を、柔らかな紐で上下に虐《いじ》められている。

「あっ、あ……ん、はぁ……！」

気持ちがよくてたまらなかなった。

――こんなに悦んでいてはきっと罰にならない。

「ニコラス様……！　もっと……罰、を」

ヴェロニカは自分を戒めるために発言したが、ニコラスにしてみれば蠱惑的《こわくてき》な催促でしかない。

ニコラスは唇を引き結び、乳房を横方向に通っていた紐も解いてしまった。

その紐でヴェロニカの目を覆う。下半身の紐はそのままだから、陰唇の中央はまだ守られている。

――けれどやっぱり、怖くはないわ。

両手を挙げて視界を塞がれ、無防備に乳房を晒している状態でも、不安はまったくなかった。

ニコラスはいまどうしているのだろう。

彼に見られているかわからないのに視線を感じて、体が灼け焦げるようだった。

ヴェロニカの乳首はそれまでよりももっと、つんっと尖って鋭くなる。

「……興奮している？」

秘所を覆っている紐を引っ張られた。紐が陰唇にきゅうっと食い込む。

「ひぁっ、うぅ……っ！」

陰唇に食い込んだ紐がしとどに濡れる。蜜口からは凄まじい量の愛液が溢れている。

ニコラスは濡れた紐を指に引っかけて横へ避けた。

「ふ……っ？」

なにか柔らかなものが恥丘を掠めた。くすぐったくて腰を揺らせば、手のひらで太ももを押し開くようにして固定された。

「あ、あっ……‼」

生温かなものが陰唇を這い上がる。彼の舌だと気がつくのと同時に、恥丘を掠めているのは白金の髪だとわかる。

「やっ、やあっ……！　ニコラス様、そんな……ところ……やぅ、ううっ……」

舌は花芽のまわりを抉るようにしてぐるぐると楕円《だえん》を描く。柔らかく肉厚な舌が陰唇を這いまわると、羞恥と快楽で全身が蕩けきってしまう。

　ニコラスは、喘ぐヴェロニカを見上げて舌を右へ左へと蛇行させる。そうして舌で花芽を嬲り、胸の蕾は指で弄りまわした。

「ひぁああっ、やぁあっ……！」

　感じる箇所すべてを並行して刺激され、快感は果てしなく膨れ上がっていく。

　これは罰だということも忘れてヴェロニカは高らかに啼く。快楽のいちばん高いところへと連れていかれて、頭の中が真っ白になった。

「は……ぅ、ん……ふ」

　全身から力が抜ける。ヴェロニカの敏感な箇所を、ニコラスはなおも指と舌で弄った。

　ところがもう、それでは満足できない。彼もきっとそれを理解している。

「ニコラス、様……わ、わたし……もう……」

　ヴェロニカは全身を小刻みに震わせながら彼のものを欲する。蜜口からは愛液がとろとろと零れでていた。

　ニコラスは顔を上げ、目隠しの紐を隔てて瞼にキスをする。

　ころりと体を転がされた。目を覆っていた紐を解いてもらえる。

　彼のことが見たくなり、身を捩って振り返ろうとしたものの、両手は依然として縛られたままなのでろくに動けなかった。

両手を挙げたままうつ伏せになっているヴェロニカの腰を掴み、ニコラスは手早く下衣を引き下げて雄杭を挿し入れる。

「あ、ふっ……！　う、あ……っ、あ、んっ」

硬く張り詰めた熱い楔を打ち込まれるのは、もはや罰ではなく褒美だ。

腰を引かれれば自然と膝を立てる体勢になり、拘束された両腕は胸の下へと来る。

ベッドと乳房のあいだに隙間ができると、ニコラスは双乳を掴み、さらに腰を前へと進めた。

「はぅう……っ。　ふぁ、あっ……」

後ろから突き込まれているからか、淫茎は最奥のさらに奥まで行かんばかりの勢いを持っている。

蜜壺の奥底を穿たれると、大声で叫びたくなるほどの快楽が脳天を突き抜けた。

「んっ――ヴェロニカ……窮屈だ」

彼の気持ちがわからないヴェロニカは「ふ、ぅ？」と首を傾げる。すると彼の一物がもっと大きく膨らんだ気がした。

ぐり、ぐりっと楔で行き止まりを抉られるたび、気持ちよさのあまり涙が出そうになる。幸せすぎて泣きたくなってくる。

ヴェロニカの表情を知らないニコラスは容赦なく陽根を動かして媚壁を突く。

硬直したそれが狭い隘路を前後することで、胸の先端と下半身の粒がビクビクと慄《おのの》く。しかもその箇所を彼は指で苛《いじ》めはじめる。

「あっ、あぁあっ……！　や、う……んんっ、う……ふぁっ、ぁっ」

乳首と淫核を指先でぴん、ぴんっと荒っぽく弾かれる。息の仕方を忘れてしまいそうなほどの快感が湧き起こり、呼吸がままならなくなった。

心臓はドクドクと連続して鳴る。共鳴するように下腹部もまた脈動を強める。陽根で揺さぶられているせいかよけいに、鼓動が速くなっていく。

ヴェロニカは絶叫しながら果てを見る。心身ともに歓びに包まれ、とうとう涙が零れた。

ふたりは互いに「はあ、はあ……っ」と息を荒らげてベッドに突っ伏す。

しばらくすると、ニコラスが顔を覗き込んできた。

ヴェロニカの瞳に涙が溜まっているのを見るなり彼は青ざめる。

「……っ、すまない。手が痛んだか？」

「い、いいえ……」

手首の拘束を解いてもらえる。ニコラスはヴェロニカが手首を痛めていないか確かめたいらしい。手首を摩りながらじいっと観察している。

しだいに彼の視線が顔へと戻ってくる。

「……だが泣いている」

目の端をそっと撫でられたヴェロニカは、榛色の瞳を細くした。

「これは……気持ちがよくて……」

ニコラスはヴェロニカの体を横向きのまま抱き寄せて額にキスをする。

髪を梳かれて、心地よさがさざ波のように襲ってくる。彼はなにか考え事をしているようだった。

「私のことを気遣って――私が嫌な思いをしないようにと、エドガーに言われたことをひとりで抱え込んで黙っていた？」

微睡《まどろ》んでいたヴェロニカは、思ったままに頷く。

「でもやっぱり、怖かったのです。わたし……わたしは、ニコラス様のいちばんになれるのか、と」

悲痛そうに眉根を寄せて、ニコラスはヴェロニカの頰を両手で覆う。

「すまない――きみのことを一方的に責められたものではない。これからはもっと、きちんと言葉にする。疑う余地がないよう、常に愛を伝えていく。決して不安にさせない」

アメジストの瞳には強い決意が滲んでいるように見えた。

いつにもまして美しくて、見とれてしまう。

「愛しいヴェロニカ。ずっと私のそばにいてほしい」

額と額がゆっくりとぶつかる。紫眼はまっすぐにこちらを見つめてくる。

「きみがいてくれれば、私はいつだって幸福でいられる」

「……！」

鼻の奥がつんと疼き、目頭が熱くなる。眠気が吹き飛び、胸がドキドキと高鳴る。

瞳を潤ませるヴェロニカの頬をニコラスは手のひらで繰り返し撫でた。

「愛しすぎて……何度も欲しくなる」

太ももに硬いそれが当たっている。

――わたしも正直にお伝えしよう。

そうすれば彼も自分自身も、惑うことはない。

「嬉しい、です。わたし……何度でも、求められたい……です」

正直に吐露すれば、ニコラスは秀麗な眉根を小さく寄せて困り顔になった。

「ヴェロニカ――そんなふうに言われると、たまらない」

喜びと切なさが入り混じったような表情を浮かべてニコラスはヴェロニカの唇を塞ぐ。

重なった唇の熱さに甘く震えながら、ヴェロニカは彼の背に腕をまわした。

第五章　それぞれの信頼

二台の馬車がサリアナ城を発った。そのうちの一台にはヴェロニカとニコラスが乗っている。

ヴェロニカは窓の外を見る。このところずっと雨続きで、いまもなお降りしきっていた。すぐ隣に座っているニコラスに「ヴェロニカ」と呼びかけられる。振り向けば、無上のほほえみを浮かべた彼と目が合う。

――ま、眩《まぶ》しい……！

空は雨雲に覆われているから陽の光はない。それなのに彼の笑顔は輝かんばかりだ。上機嫌なのがよくわかる。

ニコラスはヴェロニカの頬を撫でながら言う。

「きみはどこもかしこも滑らかだ。睫毛の一本一本さえもそう」

「そ、そうでしょうか……？」

彼は「そうだ」と断言して、ヴェロニカの目元を指先でくすぐった。

「一所懸命なところも、謙虚なところも……積極的なところも。ヴェロニカのなにもかもが好きだ」

ドレスの上から下腹部をそっと摩られる。「積極的」というのは性的なことに関してだとわかって、恥ずかしさが込み上げてくる。

「ニコラス様に、好きになってもらいたくて……その、頑張っているのです」

ヴェロニカが言いわけを口にすると、ニコラスはどこか悩ましげに息をついた。

「これまでの——数々の色仕掛けは、私に好かれたくてしていたことだと？」

こくこくと二度頷く。ニコラスは「あぁ」と感嘆したような声を上げてヴェロニカにくちづけた。

唇だけでなく頬や耳たぶ、手の甲や指先にもキスの雨が降る。

「ひゃっ⁉　あ、あの……っ、ニコラス様……」

指先をちろりと舐め上げられるものだから、動揺して上ずった声が出た。

ニコラスはヴェロニカの目を熱心に見つめる。

「戸惑って瞳を揺らしているのもかわいい。もっと困らせたくなるが、我慢だな……」

憂いを帯びた表情が壮絶に麗しくて、眩暈がしてくる。

「嬉しくて、幸せなのですが……っ、身がもたなくなりそうです！」

すると彼はにいっと笑った。

「きみが二度と自虐的な思考に走らないようにしたい。ヴェロニカ……きみはすべてが本当に美しくて、魅力的だ」

これでは褒め殺しだ。

──それに、ニコラス様のほうが魅力的だわ。

しかし彼が伝えたいのはきっと、だれかと比べるものではないということ。

「きみは私の唯一無二」

──わたしは、わたしなのだと……言ってくださっているのだわ。

ヴェロニカは素直に頷いた。

「愛している。どれだけ言葉にしても足りない。どうすればもっと伝わるだろうか」

愛を伝える方法を真剣に考えているのか、ニコラスはごく真面目な顔つきをしている。だから途中まで気がつかなかった。胸元のくるみボタンを外されていることに。

「ニコラス様!?　いまは……公務中、です。休日ではありません」

そもそもまだ朝早い時間だということには目を瞑る。休日であれば、ニコラスは時間帯に関係なくヴェロニカを愛でるのだ。

「愛情表現だ」

彼があまりにも毅然と、きっぱり言うものだからつい納得してしまいそうになる。

「お待ちください！　充分すぎるほど……その、ニコラス様の愛情を感じておりますから」

「そうかな」

ニコラスは不満げに唇を尖らせている。ヴェロニカは気を取り直して、座席の端に置いていた紙束をさっと取り上げて彼に見せた。

「お兄様の挙式の招待客リストです。わたしたちもゲストではありますが、目を通しておかなければ」

「……ああ。そういえばアランが結婚するんだったか」

お預けを食らったからか、ぶっきらぼうにニコラスが言った。

「そのためにサリアナ城を出てきたのですよ、ニコラス様」

咎めるような調子で言えば、彼はまるで小さな子どものように肩を竦《すく》める。そういう仕草は新鮮だ。

――わたしも、ニコラス様と同じだわ。

彼のどんな仕草を見ても「好き」だと思う。愛が溢れて、たまらなくなる。

ヴェロニカは自分自身を落ち着かせるため「コホン」と咳払いをして、招待客リストに視線を落とした。

クルネ国へは、ヴェロニカの里帰りも兼ねて三日間滞在する予定だ。

「……きみに怒られるのは、いいな」

突然、ニコラスがぼそりと呟いた。

肩を抱かれ、背中をじっくり撫で上げられる。妖しい手つきだ。

「もっと叱ってくれてかまわない」

「そ、そんな……だめ、です。しっかりなさってください、陛下」

あえて彼の名を口にしなかったのに、ニコラスは「陛下？　他人行儀だ」とぼやいて悲しそうな顔をする。

「だって、わたしが国王陛下を叱るだなんて……そんなこと」

「何度だめだと言われてもこうして手を出してしまう愚かな男は、叱ったほうがいい」

他人事のように笑って、ニコラスはヴェロニカの胸に手をあてがう。

「もしかして、わざとしていらっしゃいますか？　だめです、本当に……う、うぅ」

ニコラスはますます笑みを深めてヴェロニカの胸を摑み、耳元で囁く。

「がつんと言ったほうがいいのでは？」

ヴェロニカはぶんぶんと首を振る。

物申したい気持ちはあるものの、拒絶するような言葉は口に出せなかった。

――だって、わたしも……少し期待してしまっているわ。

彼の手も囁き声もすべてが心地よくて「がつん」となにか言うことなどできない。

困り果てていると、馬車が山道に差しかかったらしく、ガタガタと揺れるようになった。

揺れで手元が狂うことを懸念したのか、ニコラスはヴェロニカの胸を手放す。

「冗談はこれくらいにしておくか」

「じょ、冗談だったのですか⁉」

ニコラスは意味ありげに笑ったあと、窓の外に目を向けた。

「長雨の影響で地盤が緩んでいるから、この道を通るようにとアランから手紙が来たが。むしろこの道こそ危険ではないか？　一見したところ山道を支える擁壁もなにもない」

言いながら彼は懐《ふところ》から手紙を取りだす。

すると急にラベンダーの香りがした。オリヴィアが好んでつける香水の匂いに似ている。

ヴェロニカはぞっとしながらニコラスに言う。

「その手紙を見せてもらっても？」

「ああ」

手紙を受け取り、筆跡を確かめる。

「これ……お兄様の字ではありません。お兄様のものによく似せてありますが、オリヴィアの字です」

ニコラスは血相を変え、声を張り上げる。

「御者！　いますぐ引き返せ、このまま進めば崖崩れが――」

彼が言った、そのとき。馬車の車体が大きく揺らいだ。

ニコラスは目を見開き、ヴェロニカの体を抱き寄せて胸に閉じ込める。

尋常ではない揺れに見舞われ、恐怖のあまり目を開けていられなくなった。

ヴェロニカはニコラスにしがみついて押し黙る。馬車は下り落ちているようだった。

クルネとサリアナを繋ぐ山道に急勾配の場所はない。

どう考えても、いまはルートを外れている。

揺れが収まっても、ヴェロニカはしばらく動けなかった。

ニコラスはというと、ヴェロニカをしっかりと腕に抱いたまま車窓から外のようすを窺い状況を確認する。

「ヴェロニカ、怪我《けが》はないか」

「は、はい。どこも痛くありません。ニコラス様は？」

「私も平気だ。外へ出よう」

ニコラスはヴェロニカを伴ったまま馬車を降り、御者に声をかける。

「崖から落ちたようだな。怪我は？」

「ありません、申し訳ございません！」

御者をしていた護衛が平謝りする。

「おまえの責任ではない」と返してニコラスは周囲を見まわす。サリアナから一緒に来ていたもう一台の馬車も、崖を下って森の中へと滑り落ちてしまっていた。

ニコラスは、もう一台の馬車の御者席から降りてきた護衛にも同じように「怪我はないか」と尋ねて無事を確認したあとで馬車の扉を開けた。

とたんに鮮血の匂いが鼻をつく。クライドの頭からは血が流れていた。ユマはクライドの腕に抱かれたまま呆然としている。

「ユマ、クライド！」

思わず叫べば、クライドは顔を上げて「大丈夫ですよ」と答えた。ユマはひどく動揺したようすで震えていた。

「ヴェロニカはユマを頼む。クライドは私が手当てしよう」

ニコラスの指示でそれぞれが動きだす。

護衛は救急箱を持ってニコラスのもとへ。ヴェロニカはユマのすぐそばに寄り添った。

ニコラスは手際よくクライドを手当てしながら「なぜこんなヘマを。有事の訓練はおまえも受けていたはずだが」と苦言を呈する。

「それはそうですけど、とっさにできませんって」

「そんなことでは『有事』の意味がない」

「う――うぐっ、いてててっ！　陛下、もっと優しくしてください！」

「おまえにしてみれば、命よりも大切な者を守れたのだから名誉の負傷か」

ニコラスが小さな声で言った。きっとユマの耳には届いていない。ユマはいまもなお青ざめたまま体を震わせている。

「怖かったのね？」

ユマの肩にそっと手を添えると、彼女はこくりと頷いたあとで「私のせいでクライドが怪我を……」と、細い声で話した。

「頭の怪我は軽くとも多量の血が出るものだ。たいしたことはない」と、ニコラスが宥《なだ》めてくれる。

「そうそう。もう痛くはないですし」

クライドの明るい声を聞くと、ユマは幾分か安心したように表情を緩ませた。

皆が落ち着くころ、ニコラスは馬車を出た。あたりの状態を確認しているようだった。

そして崖の上方を仰ぎ見ながら言う。

「上へ戻るよりも、森の中を進むほうが安全だろう。またいつどこで崖崩れが起こるかわからない」

ニコラスはヴェロニカとユマ、クライドとそれから護衛のふたりへ、順番に視線を合わせていった。

「皆、すまなかった。もっと早い段階で別の進路を検討する必要があった」

先ほどはああ言っていたが、ニコラスはクライドに怪我をさせてしまったことに責任を感じているようだった。

「いえ、陛下のせいじゃないですよ。というかもう国王になられたんですから、身内ばかりとはいえそう簡単に謝らないでください。それにしても妙ですね、この道を通るよう、アラン殿下から手紙が来たんでしょう?」

「それが……オリヴィアがお兄様の字を真似て手紙を寄越《よこ》したようなのです。申し訳ございません。そしてわたしは、通る道を事前に確かめるべきでした」

オリヴィアが謝れば、ニコラスはすぐに「きみのせいではない」と言葉を被せた。

「ヴェロニカには伏せていたが、オリヴィア嬢に悪行の疑いを持ち調べを進めていた。それで彼女は、私たちをクルネへ来させまいとこのような画策をしたのかもわからない。なんにしても、オリヴィア嬢には事の子細を詰問する。クルネへ到着したあとに」

決意の滲んだ力強い口調だった。

「ここからならサリアナへ戻るよりクルネの王都へ行くほうが近いだろうからな」

ヴェロニカは「そうですね」と相槌を打つ。

――みんなで無事にクルネ国へ辿りつかなくちゃ。

あらためて見まわすと、森の中は異様だった。木が曲がりくねっているせいか、まっすぐ立っているはずなのに傾いているような錯覚を覚える。

護衛のひとりが懐からコンパスを取りだした。ところがコンパスの針は北を指さずにぐるぐると回っている。

雨は上がっているものの太陽の姿は見えないので、方向がまったくわからない。

迷いの森の異名は決して誇張されたものではないのだと実感する。

「オマムクーニャの森では以前、採掘が行われていたから、休憩所なり宿舎なりが建てられているはずだ。ひとまずそれを探そう。陽が落ちるまでにこの森を抜けてクルネ王都へ入るのは困難だ。いまは、夜を凌《しの》げる場所の確保が最優先」

「さすが陛下。頼りになるぅ」

クライドが軽い調子で賞賛した。全員が「うん、うん」と頷く。

ニコラスは小石を拾い、木の幹にバツ印をつけながら歩いた。一度、通った場所がわかるようにしているのだろう。

六人はひとつの方向へ真《ま》っ直《す》ぐに、ひたすら進んでいく。

ふと懐中時計を見れば、夕暮れの時刻が迫っていた。もともと薄暗かった森の中だ。闇の気配がいっそう迫る。

「ヴェロニカ、平気か？　歩き疲れていたら遠慮なく言うといい。抱きかかえてあげよう」

「ご心配には及びません。まだまだ歩けます」

以前ユマと一緒に始めた筋力トレーニングは毎日欠かさず続けている。そのおかげか、疲れは感じなかった。

すると彼はどうしてか残念そうに「そうか」と呟いた。

「あ——なにか、光が見えますよ」

クライドが指さすほうにはたしかに光があった。六人は光のあるほうを目指す。

「採掘場の宿舎のようですね。……先客がいますけど」

煉瓦造の大きな宿舎から、粗野な雰囲気の男性たちがぞろぞろと出てきた。皆がむすりと顔を強張らせ、武装したまま近づいてくる。

「宿を貸してもらえないか」

ニコラスが男たちに言うと、彼らは「その女を寄越してくれるってんなら考えるぜ」と嗤った。

男のひとりがヴェロニカに手を伸ばす。ニコラスは瞬時に男の手を取って締め上げた。

「なんだてめぇ！」

ほかの男たちがニコラスに食ってかかり、手にしていた剣や棍棒《こんぼう》を振り上げた。

ニコラスは「ヴェロニカたちを守れ」と護衛のふたりに言った。護衛たちは「ですが……」と困惑している。本来、彼らが守るべきは主君であるニコラスだ。

ところがニコラスは「いいから」と短く答え、屈強な男性たちに向かっていった。

「大丈夫ですよ、陛下ですから。日々鍛錬なさっていますし。最低限の護衛だけつけてどこへでも行けるのは、陛下の強さあってのものです」

ヴェロニカはすぐ、クライドの言うとおりだと実感することになる。

ニコラスは無駄のない動きで男たちの急所を確実に突いていった。全員が地べたに座り込み「うぐぅ」だとか「ぐあぁ」だとか呻いている。

ニコラスは男たちを見おろして言い放つ。

「これ以上の敵意を向けるようなら次はない」

「いや、いや……まいった」

ひときわ大きな体軀《たいく》の男は剣を手放し、肩を摩りながら立ち上がってニコラスに近づいた。壮年の男はニコラスの胸に刺繡されたサリアナの国章を見て口を開く。

「あんた、サリアナの貴族だろう。たったひとりで向かってきて峰打ちとは、たいした余裕だ。まったく、完敗だよ」

男は意味ありげに天を仰ぐ。

「もうじき陽が暮れる。一夜過ごしていけばいいさ」

「世話になろう」

「ええっ⁉」と声を荒らげたのはクライドだ。

「ちょっと、へい――じゃなくて、ニコラス様。そんなに簡単に信用していいんですか？」

素性がわからない男たちの前で「陛下」と呼ぶのはよくないとクライドは考えたようだ。

「信用はしていない。妙な動きをすれば相応の対処をする」

「おかしなことをすれば斬られるってことか。ははっ、剛胆な若造だ。さあ入った入った。ちょうど飯の支度をしてたとこだ。あんたら、おおかた崖から落ちて森をさまよってたんだろう。腹が減っちゃあなんにもできねえ」

壮年の男に続いて皆で宿舎へ入る。室内は外と変わらないくらい薄暗かった。

「厨房《ちゅうぼう》へ行って支度を手伝ってきます」とユマが申し出る。

「わたしも行くわ。なにかできることがあれば、したいの」

——あまり役には立てないかもしれないけれど……いまは非常時だもの。

周りに甘えて頼りきってはいけないと思った。自分になにができるのかは、まずやってみなくてはわからない。

意気込むヴェロニカに圧されるようにしてユマは「ではご一緒に」と答えた。

ユマは厨房の中をじっくりと見まわしたあとで、中にいた男性に「手伝います」と声をかけた。

もしかしたらユマは、主君の口に入る食べ物に毒物など危険なものがないか確認したり見張ったりするため厨房に入ったのかもしれない。

ユマと一緒にじゃがいもの皮剝《かわむ》きをする。彫刻と要領はそう変わらず、思いのほかスムーズにこなせた。

出来上がった料理をテーブルへ運ぶ。

「ヴェロニカ様がなさることではないのに」

ユマが困り顔で囁く。

「いいの。いつもお世話してもらってばかりなのだし。たまにはユマも座ってゆっくりしていたら？」

ヴェロニカが提案すると、ユマは「動いているほうが性に合っています」と笑った。

ニコラスとクライドは食卓で男たちと話をしている。

「俺たちゃあ鉱山で働いていたのさ。だが採掘場が閉鎖になってからは、だれひとりまっとうな仕事に就いちゃいない」

壮年の男が嘆くように息をつくのを、ニコラスは黙って見つめていた。

食事と片付けが終わると、壮年の男は「さて」と前置きして立ち上がった。

「部屋に鍵なんぞついちゃおらんが、二階の空き部屋を自由に使っていいぞ」

それにはクライドが「ありがたく使わせていただきます」と答える。

皆で階段を上り、二階へ行く。一階よりもさらに薄暗かった。

「僕はユマと同じ部屋で休みます。怪我の看病をしてもらわないと。よろしいですか？

ヴェロニカ様」

部屋に鍵がないとなれば、ひとりきりであったり女性だけで眠ったりするのはよくないだろう。ユマにはクライドについてもらうほうがよさそうだ。

「ええ、ユマがよければ」

ユマは戸惑いながらも「はい」と頷く。

嬉しそうに「ではそういうことで」と言うクライドを見てニコラスは「怪我の功名だな」と呟いた。

「そういうわけだから護衛は最低限でいい。おまえたちも休めるときに休むように」

護衛たちに告げて、ニコラスはヴェロニカとともに空き部屋へ入った。

ヴェロニカは部屋の窓を開けて空気を入れかえ、掃除しはじめる。箒《ほうき》を使った掃除はユマの見よう見まねだが、なんとかなった。

ふたりはシングルベッドに並んで座る。

「クライドはユマのことが好きなのでしょうか」

「そうだろうな。気がついていないのはユマくらいじゃないか」

「でも、あの……本当に大丈夫でしょうか？　ふたりきりになってしまって」

「心配する気持ちもわかるが。クライドにも節度くらいあるさ」

クライドのことをよく知るニコラスが言うのだから、そうなのだろう。無用な心配だと思うことにする。

ニコラスはしばし考え込むような素振りをしたあと、手荷物の中から書き物に必要な道具一式を取りだした。

紙になにかをさらさらと書《か》き綴《つづ》り、印章を押している。

「なにを認《したた》めていらっしゃるのですか?」

「彼らの役に立つかもしれないものだ」

彼らとは、部屋を貸してくれた男性たちのことだろうか。

首を傾げるヴェロニカをよそにニコラスは「もう眠ろう」と言って上着を脱ぎ、ヴェロニカのデイドレスとコルセットを脱がせて下着姿にした。

ふたりはシングルベッドで身を寄せ合う。

「狭いだろう?」

「……いいえ。いつもと同じです」

たとえベッドが広くても、こうして抱き合って眠ることが多いから、ふだんとなんら変わらないのである。


目を開ければ、美しいアメジストの瞳に自分の顔が映っていた。

「おはよう」

ヴェロニカは寝ぼけ眼で「おはようございます」と返す。

「ニコラス様……お眠りになりました？」

「ああ、よく寝た」

しかし彼の目元は黒ずんでいる。とてもではないが「よく寝た」ようには見えなかった。

「……本当ですか？」

ずいっと顔を近づければ、ニコラスは驚いたように目を見開いた。

「嘘《うそ》はつけないな」と、困ったように彼は力なくほほえむ。部屋に鍵がないことから、寝ずの番をしてくれたのだろう。

「申し訳ございません、わたし――なにも考えずにぐうぐうと眠ってしまいました」

「気に病むことはない。きみの愛らしい寝顔を一晩じゅう眺めるいい機会だった」

そこへ部屋の外からノック音が響く。

「陛下～。お目覚めなら、さっさと出立しますよ～」

どことなく機嫌が悪そうなクライドの声がした。

ヴェロニカは飛び起き、身支度を調えて部屋の扉を開ける。

クライドの後方にユマがいた。ヴェロニカはクライドに「おはようございます」と手早く挨拶をしたあと、ユマのそばへ歩いた。

「おはよう、ユマ。ええと、その……どう、だった？」

「はい！　誠心誠意、クライドを看病させていただきました」

ユマは満足げな顔をしている。いっぽうクライドは遠い目をして「それはもうかいがいしく」とぼやいた。

護衛ふたりとも合流し、宿舎を出る。見送りに出てきた壮年の男に、ニコラスは書状を手渡した。

「こりゃあなんだ？」

「紹介状だ。気が向いたらサリアナへ行くといい。これがあれば国境を越えることができるし、騎士団で融通が利く。ただし下働きからにはなるが」

男は目をまん丸にしたあと、じいっとニコラスを見た。宿舎からほかの男たちもぞろぞろと出てくる。

「……あんたら、これからどこへ行くつもりだい」

「クルネの王都だ」

「そうか……」

壮年の男は、幹に四角い印が彫られた木を辿っていけば森を抜け、クルネ王都の近くへ出られると教えてくれた。

「――わかった、感謝する。世話になった」

そう言うなりニコラスは男たちに背を向けて歩きだした。彼らが深々と頭を下げたことに、ニコラスは気がついただろうか。

木の幹に記された四角い印を頼りに六人で進んでいく。昨日の曇天が嘘のような晴天に恵まれ、気持ちまで明るくなる。

「なんというか……陛下はいろいろと図太いですよね。襲ってきた男どもの家に潜り込んじゃうし。働き口まで紹介しちゃうし」

クライドに話しかけられたニコラスは、歩みを止めず視線を前へ向けたまま言う。

「なんだって丸く収まるほうがいいだろう。よく知らない森での野宿は体力を削られるだけだ。あの者たちは機会があるにもかかわらず夜中、私たちを襲わなかった。ある程度は信頼に値する」

ニコラスはなおも話し続ける。

「剣を合わせてわかったことだが皆かなり力があった。騎士団の下働きはもってこいだ。衣食住は保障されるし、騎士団に身分は関係ないから努力しだいで出世もできる」

「抜かりないことで。でもまあ……そのおかげか、森の抜け方も教えてもらえましたしね。なんだかんだで、そういう陛下だからこそずっとついていこうって思うんです」

ニコラスは表情を変えなかったが、喜んでいるのがわかる。

――ニコラス様はほかの方の前では表情が変わりにくいわ。

わたしはわかるようになったけれど――と、ひとり優越感に浸っているとユマが身を乗りだして目を輝かせた。

「私も、ヴェロニカ様にずっとついていきますから！」

「ええ。クライドと一緒に、ずっとついてきてね」

ユマは「クライドと一緒に」とヴェロニカがわざわざ言ったことを不思議に思ったのか首を傾げていたが、細かいことは気にしない性分の彼女だ。「はい！」と大きな声で返事をしてくれた。

陽が高くなるころには、オマムクーニャの森を出ることができた。

森の出入り口にはクルネ国の紋章がついた馬車が数台、停まっていた。クルネ国の騎士が駆け寄ってくる。

「サリアナ国のニコラス陛下でございますね。ヴェロニカ様も、ご無事で……！」

クルネとサリアナを繋ぐ山道が崖崩れを起こしたことはクルネ王都にも伝わっていたらしい。アランに命じられ、森へ探索に入るところだったのだと騎士は言った。

ヴェロニカとニコラスは馬車に乗り、王都を目指す。

「王都までお休みになったほうがよろしいのでは？」

寝不足のニコラスを気遣えば、彼はすぐに頷いた。

「そうだな、きみの膝を借りよう」

ニコラスはヴェロニカの膝を枕にして横になる。

少々くすぐったいものの、彼の役に立てるのならこれ以上のことはない。

それから城に着くまで、ヴェロニカはひたすら枕に徹した。

クルネ城のポルトコシェールに着き、馬車が停まるとニコラスはすぐに目を覚ました。

食事や湯浴みなど休息をとったあとでアランと対面する。兄の挙式はもとより明日行われる予定だった。

応接室に待ち構えていたアランはヴェロニカとニコラスを見るなり深く頭を下げた。

「皆を大変な目に遭わせてしまったこと、心から謝罪する。どうやら僕は手紙に、通ってきてほしいのとは真逆の道を書いてしまったようだ」

「そのことですが、お兄様。いただいた手紙はお兄様の字ではなく、オリヴィアのものでした」

「なにっ⁉」とアランが声を荒らげると、ニコラスが補足する。

「おそらくオリヴィア嬢は、私が彼女の悪行を暴くことを恐れたのだろう」

「悪行って——ああもう、とにかくオリヴィアをここへ呼ぼう」

アランは侍従に、オリヴィアを連れてくるよう命じた。

ヴェロニカとニコラスがソファに座ると、アランはその対面に腰を下ろした。ユマとクライドは壁際に控えている。

アランは「うーん」と唸りながら首を捻る。

「オリヴィアのやつ、悪行とやらを暴かれるのが嫌で、急に結婚すると言いだしたのか。

いやなに、ちょうど北方の国王からオリヴィアに結婚の申し入れがあったんだ。北方の織物を輸入したいと思っていたところだから好都合ではあったんだけど」

「北方の国王は性格に難があるそうだな」

ニコラスが言うと、アランは大きく頷いた。

「そうなんだ、北方の国王はひどい好色だそうでね。女性を手当たりしだい……という噂もあるが。まあオリヴィアならどれだけ好色な男だろうと簡単に虜にして、骨抜きにできるさ。ふだんから『わたくしはだれよりも魅力的、他国の王だっていちころよ』と豪語しているからね。極寒の地でもやっていけるさ」

アランは遠い目をして肩を竦めた。

「そういうアランはだれと結婚を？」

「クルネの由緒正しき公爵令嬢さ。ちょっと気が強いけど、すごくかわいくて……」

締まりのない顔になったアランを見てニコラスは面白そうに笑う。

「――って、僕の話はいいから！」

兄の顔が赤くなるのをほほえましく眺めていると、応接室の扉がノックされた。

「失礼いたします」

楚々《そそ》としたようすでオリヴィアが入ってくる。ヴェロニカを真似たような詰め襟のドレスを着ていた。

オリヴィアはニコラスの斜め前に立ってレディのお辞儀をした。

「ごきげんよう。わたくし北方へ嫁ぐことになりました。輿入れの準備がありますので、これで失礼させていただきます」

口早に言い、まるで逃げるようにオリヴィアは踵を返す。

「待て、オリヴィア嬢。聞きたいことがある」

ニコラスが呼び止めると、オリヴィアはぎくりとしたようすで肩を弾ませ、ゆっくりとこちらを振り返った。

「きみはヴェロニカの外聞が悪くなるような虚言を方々《ほうぼう》で紡いでいるそうだな。国内外を問わず複数の貴族から証言が取れた。ここ数年、クルネ国でヴェロニカの悪い噂を流していたのも――オリヴィア嬢だ。あまつさえ彼女は紅い髪のかつらをつけてヴェロニカに扮《ふん》し、異性と遊び歩いていた……と。つまり己の不始末をヴェロニカになすりつけていた」

いつのまに準備していたのか、そばにいたクライドが書状を掲げた。クルネ国でも名だたる貴族の署名がずらりと並んでいる。

署名の横には、オリヴィアがヴェロニカのふりをしていたのを黙認していたことの謝罪文が綴られていた。

――もしかして、わたしが以前クルネ城で見かけた紅い髪の女性はオリヴィアだった？

フードで顔を隠していたが、きっとそうだ。ヴェロニカになりすまし、忍んで出かけるところだったに違いない。

「ヴェロニカが先王妃と同じ紅い髪だということも、侍女たちの前で毎日のようにあげつらっていたと、アランから聞き及んだ。そうすることでヴェロニカへの偏見を煽っていたのだろう」

ニコラスはゆっくりとオリヴィアを見据える。

「くわえて今回の件だ。アランの手紙をすり替え、崖崩れの危険がある道を案内した。これ以上は看過できない。我が妻への度重なる冒瀆《ぼうとく》、どうしてくれようか――」

その言葉には怒りの滲んだ威圧感があり、だれもが息を呑む。大国の王であるニコラスが「死罪だ」と言えば、他国の王女であってもそうなってしまう気がした。

ましてや手紙の件ではニコラスも命の危険があったのだ。

オリヴィアは「ひいっ」と悲鳴を上げて尻餅をつき、そのまま後ずさる。

「そんな、わたくし……っ、そんなことは」

「謂れのない書状を私が捏造《ねつぞう》したと言いたいのか」

「いっ、いいえ……違いますわ。でも……っ、わたくしの気持ちもわかってもらいたいものですわ！　どうしてお姉様ばっかりきれいな紅い髪に、大きなお胸なの。わたくしだって顔立ちはいいのに、いつもお姉様と比べられて惨めな思いをしておりましたの！」

瞳に涙を滲ませて、オリヴィアは助けを求めるような視線を周囲に送る。

「お姉様のふりだって、初めはするつもりなんてありませんでしたわ。ただ紅い髪が羨ましくて……かつらを作って遊んでおりましたら、周りが勝手にお姉様だと勘違いしただけ。だからわたくしは悪くありませんわ！」

「……言いたいことはそれだけか。きみは本当に、自分にはなんの非もない――と？」

ニコラスの凄みが増す。オリヴィアは観念したのか、床に頭をつけて這いつくばった。

「も、申し訳ございません、申し訳ございません……！」

「謝って済む話ではないが。そもそも、きみが謝るべき相手は私ではない。ヴェロニカだ」

オリヴィアは目を赤くし、ガタガタと歯を震わせながらヴェロニカの足下で頭を垂れる。

「お姉様、本当に……ごめんなさい……！」

平謝りしたあと、オリヴィアは立ち上がることすらできないのか獣のように四足歩行し、逃げるように部屋を出ていった。

応接室はしばらくしいんと静まり返っていた。

「あの……オリヴィアは、どうなるのでしょうか」

「どうしたい？」とニコラスが優しく問い返す。

「環境の厳しい遙《はる》か北方へ嫁ぐとのことでしたから……それでよいのではないかと」

「優しいな、ヴェロニカは」

ニコラスの言葉にアランが「そうだ、ヴェロニカは優しいんだ」と同調する。

「ああでも、出戻っても居場所はないとオリヴィアには伝えるよ。オリヴィアがついた嘘は、僕のほうでも手を尽くして払拭する。すまなかった。崖崩れの件も、どう責任を取ればよいか――」

「またその話を蒸し返すのか。ヴェロニカがオリヴィアを許すのなら、アランに責任は追及しない」

「そっ、そうかもしれないけど……ああもう、きみはどうしていつもそうなんだ！」

アランは眉根を寄せて頭を抱えている。

――そうだわ、いまこそ！

ニコラスがいかに素晴らしい男性なのか兄に伝えるべきだ。ニコラスの良さをアランにもわかってもらいたい。

「お兄様！　ニコラス様はいつもわたしを認めてくださるのです。ありのままでいいのだと、寛大なお心で許容してくださいます」

アランは小難しい顔をしている。いまひとつ納得がいっていないようだった。

上辺だけの言葉では理解してもらえないのかもしれない。ヴェロニカは意を決して言う。

「ニコラス様はわたしを……いつも情熱的に、愛してくださって……。具体的には、その……お伝えできませんが」

「あ～～っ、わかった！　それ以上はなにも言わないでくれ。クライドから聞いてるよ。オマムクーニャの森でも、ヴェロニカをずっと護《まも》っていてくれたと。もううんざりするぐらい、わかった。ニコラスがきみを大切にしてくれていることはね。いま僕が憤慨しているのは、やっぱりニコラスは完全無欠で、僕は完全完敗だと自覚したからだよ」

アランは「はぁ～。それにしても国王の即位まで先を越されるのは、なかなか堪える。寄宿学校時代は、王位なんてエドガーにくれてやるという風情でいたのに」と、ため息をついて項垂れた。

そしてアランは、ふと気づいたように頭を上げる。

「はっ――まさかニコラス！　僕が前に、ヴェロニカを嫁がせるなら国王に――と言ったから王位継承を目指した……のか？　いやいや、まさかな。あれはほんの冗談だ」

するとニコラスは、周囲には聞こえないような声で「そのまさかだが」と呟いた。無論アランの耳には届いていない。

「けどこれからは妻と一緒に、もっと頑張るさ。ふたりとも、よく見ていてくれ。ニコラスがサリアナの国王でよかったと僕が思うのと同じように、僕がクルネの国王でよかったと、先々できっと言わせてみせる」

幸せそうに笑うアランに、ニコラスもまた笑みを返す。

「しっかり見届けよう」

アランの挙式には——寄宿学校時代に兄が築いた交友関係の所以《ゆえん》か——各国の王侯貴族が多く集い、盛大に催された。

ヴェロニカの父親であるクルネ国王は「アランはなかなか求心力があるのだな」と、珍しく感心していた。

その後、クルネから森と山を迂回《うかい》してサリアナへ戻ったヴェロニカとニコラスは、エドガーに面会を求められ、サロンへ向かっていた。

「ヴェロニカは先に休んでいてもかまわない。長く馬車に揺られて疲れただろう?」

城の廊下を歩きながら、ニコラスが気遣わしげに言った。

「いいえ、わたしも呼ばれておりますから」

ニコラスひとりがエドガーと対峙《たいじ》するのは酷なのでは……という心配もある。

——エドガー様にひどいことを言われないといいのだけれど……。

そういう自分もかつてエドガーの言葉に振りまわされたが、いまとなってはなにを言われても動じない自信があった。

「僕たちもついていますから」と、そばにいたクライドが言った。ユマもまた力強く頷き、サロンの扉をノックした。

夕陽の射すサロンで、エドガーは足を組んで一人掛けのソファに座っていた。ほかに侍女がいなかったのでユマが紅茶を淹れはじめる。

「……やあ。ふたりともお帰り」

声に張りがない。エドガーは心なしか疲れているようだった。

ふだんなら顔を合わせればすぐ饒舌に話しはじめる彼だというのに、今日はどういうわけかユマが紅茶を淹れおわるまで黙り込んでいた。

「崖崩れ事故があったと聞いて……その……心配したよ。じつはサリアナでも長雨による地盤沈下が起こってね。ここ数日その対応に追われていた」

言葉の最後のほうは消え入りそうなくらい小さな声だった。エドガーは続けて話す。

「ニコラスがいなくなれば私が王位に就けると考えていたのだけれどね。実際、そうなるかもしれないと思ったら……失うのが怖くなった。それに私ひとりでは、沈みゆく土地の対応ができなくてね……。自分がこんなにも不甲斐ないとは、思ってもみなかった」

しおらしい態度のエドガーに向かってニコラスは怪訝な顔で「どういう風の吹きまわしだ？」と質問した。

エドガーはばつが悪そうに頬を掻いて視線を逸らす。

「どうせあとから耳に入ることだから言ってしまうけれど、私ひとりでは有事に対応ができなくて……結局、父上に出てきてもらったんだ。私だけでも、できると思ったのだけれど……机の上で論じるのと実際とでは、天と地ほどの差があることを実感したよ。私はどうも現場向きではない」

「そうだろうな」

ニコラスが相槌を打つと、エドガーは一瞬、不満そうに唇を尖らせた。

「だれもがこぞって『ニコラス陛下はまだ戻られないのか』と言うんだ。ニコラスは皆に信頼されているね、私と違って。それにもしも私が崖崩れになど遭ったら、適切な判断ができるかどうか……」

エドガーはしおらしい態度のまま言葉を続ける。

「それで父上から、きみが国王に指名された理由を聞いたんだ。ニコラスは人を騙《だま》すことがなく実直で、国民に対しても真摯だ。窮地に立たされてもしぶとく生き残り、皆を導く生命力がある……と。オマムクーニャの森での件も聞き及んだよ。本当に、父上が言うとおりだと思った」

一息に話したあと、エドガーはぽつりと「私にはできない」と漏らし、自身を顧みるように遠く――窓の向こうにある、山間に沈む夕陽――を見つめた。

「だから、まあ……これまでの意地悪は水に流してもらえるかな」

――なんて都合がいいの。

ヴェロニカは不満を覚えて思わず口を挟んだ。

「意地悪？　そういうご自覚がおありでしたら、もっときちんとした謝罪をニコラス様にお願いいたします」

ヴェロニカの発言に驚いたのはエドガーだけではない。ニコラスもまたぽかんと口を開けて絶句していた。

「そうだね。……すまなかった、ニコラス。これからは誠心誠意きみたちを……サリアナを、支えていくよ」

「あ、ああ……」

珍しく上ずった返事をして、ニコラスはこくりと頷いた。

しばしの沈黙が流れる。エドガーは気まずそうに紅茶を飲んだ。

「あと父上から伝言。世継ぎはいつでも大歓迎だそうだよ。早く孫の顔が見たいようだね」

ヴェロニカはどきりとしてしまう。すぐそばにいるニコラスのほうを見れば、彼もまた動揺しているらしく、ほんのりと頬が紅潮していた。

「あぁそうだ。子が生まれたら私が一番に抱くからね」

洗いざらい話してすっきりしたのか、エドガーがいつもの調子を取り戻す。

ニコラスは頬を染めたまま間髪入れずに「なんでだ」と突っ込みを入れながらも、不仲だった兄弟とそんなふうに軽口を叩き合えることが嬉しいのか、穏やかな顔をしていた。

しばらくして、ヴェロニカとニコラスは一週間のハネムーンへ出発した。

目的地はサリアナの南に位置する島国イリャーナだ。

馬車の窓から海が見えるようになるとそれだけで心が弾んだ。もとよりニコラスと一緒にいられるだけでも楽しくて幸せだ。

港町に着き、馬車を降りると潮の香りに満たされた。

護衛と侍従たち、そしてユマの十数名ほどで大きな客船に乗り込む。クライドは、有事の際にエドガーの補佐をすることになったため留守番だ。

サリアナを発った船が港へ入り、イリャーナ国に上陸する。港のすぐそば――丘を少し登ったところ――に迎賓館があった。

一行は迎賓館で歓待を受ける。食堂では夕食の準備が調っていた。

長方形の大きなテーブルに、次々と料理が運ばれてくる。魚介類を中心とした香り高い料理の数々は物珍しくも絶品だった。

「光祭りへ出かけよう」

食事を終えるなりニコラスが言った。彼はいつだって逸《はや》ったり浮かれたりしないものだと思っていたが、違うらしい。

好奇心に満ちた笑みを浮かべてニコラスはヴェロニカの手を取り食堂を出た。

食事が終われば街へ出ることが予定されていたからか、エントランスホールには見送りの者がいた。

「広場ではカーニバルが催されています。どうぞこちらを」

迎賓館の執事から仮面とマントを手渡されたユマは「ありがとうございます」と言いながら受け取った。

ヴェロニカとニコラスは闇色のマントを羽織り、仮面をつけて外へと出た。

海の向こうに沈んでいく夕陽を眺めつつ、皆でのんびりと歩いて街へ向かう。

太陽が水平線上に消えてしまうころ、街の広場に到着した。大聖堂に面した煉瓦敷きの広場にはそこここにキャンドルが置かれ、幻想的な光に溢れている。

観光大国であるイリャーナには多くの人が集まる。

カーニバルへの参加者は仮面とマントをつけ、貴族平民に関係なく光祭りを楽しむことができる。

広場にはさまざまな出店が軒を連ねていた。

イリャーナ名産の真珠を使ったアクセサリーや工芸品のほか、食べ物を売る店もある。

先ほど夕食をとったばかりだというのに、香ばしい匂いに食欲をそそられる。

「ねえ、そこのお姉さん！　俺らと遊ばない？」

店先に並べられた工芸品を、上体を低くして熱心に見ていたニコラスは、男性に声をかけられたあとしばらくフリーズしていた。

侍従のひとりが「この方は女性ではありません」と説明する。声をかけてきた男性たちは「えーっ、なんだぁ残念」と、肩を落として去っていった。

ニコラスは身を屈めたまま無言で視線を工芸品へと戻す。緻密な彫刻が施された工芸品はニコラスをまったく飽きさせない。

ところがニコラスに声をかける男性が後を絶たないせいで、工芸品を物色できない。

「陛下が身を屈めるから身長が低く見える上にマントで体型がわからないから、美女だと思われてしまうのかも……」

ユマが困り顔で言った。

「目元が隠れていてもニコラス様は麗しくていらっしゃるから」

ヴェロニカがそう呟くのと同時にニコラスは鬱陶しげに仮面を外し、マントを脱いだ。

「これで問題ないな。店主！　この一列をすべて貰う」

ニコラスが言うと、出店の主は驚きながらも「毎度あり！」と顔を綻ばせ、工芸品を包んでくれた。

「私の買い物は済んだ。ユマもなにか見てきたらどうだ。ヴェロニカは私とふたりで行動する」

「わかりました、陛下。でも近くにはおりますからね」

ユマと護衛たちが距離を取ると、ニコラスはヴェロニカにほほえみかけた。

「ヴェロニカ、なんでも好きなものを買うといい。支払いは私がするし、荷物だっていくらでも持つ」

「あらぁ、じゃあ私もなにか買ってもらいたいわぁ」

そばにいた見知らぬ女性がニコラスを見上げて言った。ニコラスが「だれだ？」と問えば、女性は「通りすがりの美女よ、一晩どう？」と誘ってくる。

「断る」とニコラスが言うと、女性は「残念だわぁ」と唇を尖らせ、また別の男性に声をかけていた。

「あの……ニコラス様、やっぱり仮面を着けていらしてください」

「しかし――」

「お願いいたします、ニコラス様」

「む……わかった。だがマントは着ない。女性に間違われるのは御免だ」

仮面をつけてもやはり彼は衆目を集める。ニコラスがたびたび女性に声をかけられるものだから、ヴェロニカは彼の腕に抱きつくことにした。

「寄り添ってくれるのは嬉しいが……どうした？」

「……ニコラス様がわたしの夫だと、わかるようにしたいのです」

仮面の向こうで紫眼が細くなるのがかろうじて見えた。

「どこまでもかわいい妻だ――」

ヴェロニカはニコラスに女性が寄りつかないよう目を光らせつつ出店を見てまわる。

あちらこちらと何軒も見たあとで購入したのはお菓子だった。

広場の隅に置かれていたベンチに座り、ニコラスとふたりでサクサクの揚げ菓子を頬張る。食堂以外で食べるのは初めてだからか、ドキドキした。

「これは美味《うま》い。止まらなくなる」

「ふふ。もうひとつどうぞ」

彼の口の前に揚げ菓子を差しだすと、指ごと食べられてしまった。

「ニコラス様は食いしん坊だったのですね？」

「そのようだ。もっと食べたい」

ニコラスはヴェロニカの指の根元から爪のほうへ、味見するようにれろりと舌を這わせる。思いがけずぞくりとしてしまう。

ヴェロニカは慌てて袋から揚げ菓子をつまみ上げ、食欲旺盛な彼に献上した。

ボーン、ボーン……と時計塔の鐘が鳴る。するといっせいにキャンドルが消され、あたりは真っ暗になった。

「……ヴェロニカ、空だ」

ニコラスが指さすほうを見上げる。空には満天の星が輝いていた。見ていると吸い込まれそうになる。

――なんて素敵な夜なの。

瞬く星の美しさに深い感慨を覚えながら、ヴェロニカは幸せを心に刻んだ。

迎賓館に戻ったヴェロニカは寝室と続き部屋になっている控え室で夜の支度をする。

「ヴェロニカ様、今夜はこちらをどうぞ！」

ユマに手渡されたのは、真珠がついたイヤリングだった。

「ありがとう。耳につけるのね」

「いいえ、違います。乳首です」

「…………えっ？」

ヴェロニカが頓狂な声を上げるとユマは「乳首につける、ニップルクリップという物です」と説明した。

「広場で別行動した際に見つけて、購入しました。この国で大人気なのだそうです！」

ヴェロニカは戸惑いながらも「そうなの……？」と相槌を打ち、ナイトガウンの腰紐を緩めて胸を露わにし、ニップルクリップを取りつけた。

「どうです？　痛くありませんか？」

「ええ、大丈夫。クリップの端が平べったくなっているから、平気よ」

ヴェロニカが首を縦に振ると、チェーンの先にある真珠がゆらゆらと揺れた。

湯上がりに、下着をつけずにナイトガウンだけをユマに羽織らされたのは、この部屋が暖かいからではなくこのためだったのかと納得する。

「それではヴェロニカ様。今夜もご健闘をお祈りしております！」

いつもどおり快く控え室を送りだされたヴェロニカは力強く頷き、内扉をノックして寝室へ入った。

ニコラスはまだ来ていない。彼はもう一方の控え室にいるはずだ。

迎賓館の寝室は海に面していた。大きな窓からは砂浜を見おろすことができる。絶え間なく押し寄せる波はどれだけ見ていても飽きない。

窓辺に佇むヴェロニカのもとへニコラスがやってくる。

「なにをしているんだ？」

「海を眺めていました。絶え間ない波がきれいで」

「ああ、たしかに……眺めがいいな」

ニコラスはヴェロニカのすぐ隣に立って階下を見る。

それまで海に夢中だったはずなのに、彼が現れるとそれどころではなくなる。

ヴェロニカはニコラスの横顔に見とれて虜になる。

互いの支度のため離れていたのは少しのあいだ。そのわずかな時間でも彼がいないと寂しくなって、いつまでも眺めていたくなる。

ニコラスがゆっくりとこちらを向く。そっと肩を抱かれた。

「世継ぎがどうとか……エドガーが言っていたな」

一度、彼と話したいと思っていたことだ。ヴェロニカはこくこくと頷く。

「あの……わたし……ニコラス様との子どもを……授かることができたら、嬉しいです」

彼も同じことを望んでいるのかわからないから、言うのは少し怖かった。

ニコラスは嬉しそうにほほえんで「私もだ」と、同じ思いを返してくれる。

腰を抱かれ、彼の大きくて温かな胸に閉じ込められる。

「愛している。本当はずっと……果ててもなお、きみの中にいたかった」

きゅんっと、全身が甘く締めつけられるようだった。

存在を確かめるようにニコラスはヴェロニカの体を撫でまわす。ふと彼の手が止まった。

「……下着をつけていない?」

「……っ」

小さく頷くことしかできなかった。

下着はつけず、胸には飾りがある。よく考えれば卑猥な恰好だ。まだナイトガウンを着たままだというのに、もう恥ずかしくなっている。

それに、なぜ彼は手探りだけでそうだとわかるのだろう。このままでは、ナイトガウンの上からすべてを暴かれてしまいそうだ。

いっそ自分でナイトガウンを脱いでしまうほうがいいと思って腰紐に手をかけようとする。ところがニコラスのほうが早かった。するすると腰紐を緩められ、胸元がはだける。

「あ……っ」

先端に真珠の飾りがついた大きな乳房がナイトガウンの外へと零れでる。

ふるっ、ふるっと弾む乳房とその先端に嵌められたニップルクリップを、ニコラスは瞬きもせず凝視していた。

「ふ……ぅ、あ……あの……？」

彼がなにも言わないので、どう思われているのかが気になりはじめる。

ヴェロニカはじっとその場に立ち尽くしていたが、見られることで乳首が硬くなり、クリップから垂れ下がっている真珠が小さく揺れた。

ニコラスはヴェロニカの肩に顔を埋めて深呼吸をする。熱を帯びた吐息がくすぐったい。

「きみはどうしてそう……私を過剰に煽るんだ」

責めるような口ぶりだというのに嬉しくなる。

「いまのは肯定的な意味だ」と補足して、ニコラスは顔を上げた。

鼻と鼻がぶつかりそうなくらい近くで、情欲が灯《とも》った紫色の瞳に見つめられている。

視線はやがて下降していき、真珠で飾られた胸の蕾で止まった。

――さっきもじいっと見ていらっしゃったのに。

宝石さながらの双眸で灼きつくような視線を向けられて、呼吸が荒くなってくる。

ヴェロニカが大きく息をすれば、真珠は振り子のように揺らめいた。

ニコラスは揺れる真珠を指先で弄ぶ。じかに触れられているわけではないからか、くすぐったくなる。

「はぅう、ん……ふ」

目を伏せて艶めかしい息を漏らすヴェロニカを愛しげに見おろして、ニコラスは楽しげに笑う。

彼は真珠をつまむと、軽く下へ引っ張った。

「この胸飾り――ヴェロニカによく似合っている」

「あっ、あぅ……！」

乳房を両手で持ち上げられ、右へ左へと揺さぶられる。

蕾の下で真珠が舞うようすをニコラスはうっとりと眺めていた。

「このかわいらしい棘を指でよく弄ってやりたいが……痛くはないだろうか」

クリップに挟まれた乳首の頂点を、探るように指先で擦られる。

「あ、あっ……んふ、う……痛くは……あ、ありません」

「では、もっと？」

「ふっ、あぅ……んん……っ、もっと……」

ヴェロニカが瞳に涙を溜めてねだると、ニコラスは指先に力を込めた。それまでよりも強い力で――それでいて丁寧に――胸の蕾を押される。

肩が弾み、真珠も大きく動く。胸の頂に触れられるのが、いつにもまして刺激的だと感じる。そのせいか、立っているのが辛くなって両足が震えだした。

「ベッドへ行く？」

優しく問われ、すぐに頷く。すると横向きに抱え上げられベッドへ運ばれた。

仰向けに寝かされて初めて、まだナイトガウンに袖を通したままだったことに気がつく。腰紐は緩いながらもまだ結び目が解けておらず、裾は中途半端に太ももを覆っている。脱ぎかけのナイトガウンが卑猥に思えて、すべて脱いでしまおうとするものの、そうはさせてもらえない。

ぴんっと勃った胸の棘を、クリップのチェーンごと指で嬲られる。膨らみの上に載った白い真珠は稜線をするすると登ったり、ころころと転がり落ちたりする。

「あっ、あ……はぁ、ん」

真珠が肌を伝うのですら感じてしまって、とにかく気持ちがよい。

数えきれないくらいの夜をニコラスと過ごしてきたからか、以前よりも羞恥心を感じないようになってきている。

だからニコラスが上半身を低くして舌を出しても、あるのは快楽への期待だけだ。

「ふぁあ……っ」

生温かな舌がクリップと乳首の隙間にうまく入り込み、薄桃色の棘を突く。

舌はちろちろと小さな動きをしているものの、それがよけいに焦燥感を煽ってくる。

たまらなくなって腰を左右に動かす。ねだるような仕草だとわかっていても、そうせずにはいられなかった。

ヴェロニカの興奮を感じ取ったらしいニコラスが、舌を這わせていないほうの膨らみをふにふにと揉みしだく。

真珠が乳房の上で跳ねるたびに快感が高まり、全身が滾るように熱くなっていく。

――わたし、どんどん欲張りになっているわ。

胸ばかりを弄ってもらうのでは物足りなくなって、内股を擦り合わせる。

するとニコラスは足の付け根を手のひらでなぞってくれた。

ヴェロニカは脚を開いて、彼の手が内側に辿りつきやすいようにする。

蜜壺の中がどんな状態なのか彼はもうわかっているはずだから、このところはもう隠さなくなった。

ありのままの自分を見せることに――たとえ恥ずかしいことでも――抵抗がなくなっている。

ニコラスはくすっと笑って「触りやすくなった」と囁く。

「はしたない、でしょうか？」

ずるい質問だとわかっていながら確かめる。ニコラスは笑って「いや」と即否定してくれた。

不安になっては彼に問い、欲しい言葉を貰う。彼の優しさに甘えきっている。

「もっと甘えてくれてかまわない」

――ああ、また。

考えていることをなにもかも完全に見透かされてしまっているのではないかと思うほど、彼はよく気がついてくれる。

いずれも決してお節介などではなく、ほどよいタイミングで心遣いの言葉をかけてくれるのだ。

「ニコラス様も、甘えてくださいね……？」

互いのことをよくわかっている関係は心地がよくて、尊いものだと思う。もっと彼のことを理解したい。

じいっと見つめれば、ニコラスは嬉しそうに顔を綻ばせて胸に顔を埋めた。そのまま胸の谷間で左右に顔を動かすものだから、艶やかな髪に肌を擦られてくすぐったい。

「ひゃっ、ん……！　ニコラス様――うぅ」

「きみの言葉に甘えている」

ニコラスは上目遣いでヴェロニカの表情を確かめたあとで目を瞑り、柔らかさを満喫するようにすりすりと乳房に頬ずりをする。

くすぐったさと快感はもはや紙一重だ。甘える仕草をするニコラスが愛しくて、気持ちがよい。

揺らめく白金髪を手で梳いてみると、ニコラスは「ん」と短い声を上げ、まるでそれが合図のように膨らみを舐めたどりはじめた。

肌に舌を這わせられて急に明確な快感を覚える。彼はクリップがついたままの乳首を丹念に指で捏ね、もう片方の手でガウンの裾を退け、ふっくらとした恥丘を撫でさすった。

「あぁ……！　あ、んっ……ん、ふ……っ」

早く淫唇に触ってもらいたくて腰を捩る。ヴェロニカの願いに応えるようにニコラスは秘裂へと手を伸ばす。

彼の指が淫唇の端にかかるだけで「あぁう」と嬌声が漏れた。

内側から溢れた蜜で濡れそぼった莢を二本の指でぎゅ、ぎゅっとリズムをつけて押される。そのたびにヴェロニカは「ふぁあっ」と喘ぎ、乳房を揺らした。

真珠が惑うように乳房の上を走る。

クリップをつけているせいか、胸の蕾がじんじんと疼く。これまでとは比べものにならないほど尖りきって、性的な興奮を如実に表している。

あるいはクリップにずっと挟まれているせいで興奮しすぎているのだろう。

「はぁ、ん……んふ、う……」

口を開けていなければ呼吸がままならない。

ニコラスは淫唇の湿り具合を確認するように指の腹を使ってじっくりと撫でつけてくる。指で押されるたびに腰が浮く。トクントクンと脈づきながら快楽への期待を膨らませてしまう。

「ヴェロニカは夜を重ねるほど淫らになっていくな」

心底嬉しそうに言葉を紡いでニコラスは秘裂を指で割る。いまかいまかと刺激を待ち望んでいた花芯は莢を払われただけで喜び、膨れ上がる。

「こんなに大きくなって――」

とろんとした眼差しで足の付け根を見つめられている。彼の視線の先へどんどん熱が集まって、もっと気持ちよくなる。

彼は膣口から溢れた蜜を掬うと、花芽まわりの溝に塗り込めていった。

「ああ、あっ……はぁっ、んぅ」

指は溝を抉るようにして淫核のまわりを繰り返し周回する。勃起した花芽は根元を揺さぶられ、彼の指に翻弄されるばかりだ。

ヴェロニカが足をばたつかせれば、ナイトガウンの裾がひらひらとはためく。

ニコラスはそれを見て楽しそうに笑みを深め、蜜口の浅いところを親指でくちゅくちゅと弄《まさぐ》った。

「ふぁあああっ……！」

快楽で蕩けて柔らかくなっていた蜜の溢れ口は、いきなり太い指で弄られても痛みはなく、気持ちよさだけが全身に広がっていく。

そしてそんなふうに隘路の入り口を刺激されると、淫核がますます奮いたってしまう。ところが彼はまだ肉粒《そこ》に触ってくれない。

焦らされれば焦らされるほど、触ってもらったときの快感が倍増することを知っているヴェロニカは必死に耐えて待ちこがれる。

「我慢強いな？」

楽しそうに言うなりニコラスは花芽のまわりを擦り、狭道に指を潜り込ませた。

「ひあぁっ、あぅっ……あ、んっ……！」

ベッドの上で全身がビクビクッと弾む。彼の指はぬちゅぬちゅと水音を奏でながら隘路を泳いで奥まで辿りつく。

一息に奥処《おく》まで指を挿し入れられたことが嬉しくて、身も心も歓喜する。いっぽうで花芯のほうはいよいよたまらなくなってきた。下腹部がトクッ、トクッと鼓動している。

彼の長い指で蜜壺の中を掻きまわされるのだって気持ちがよい。もとから荒かった呼吸がもっと乱れる。

――もう、だめだわ。

これ以上は耐えられそうにない。快感を期待しすぎて両脚が震えてきてしまう。

ヴェロニカは瞳に涙を溜めて無言の訴えを起こす。

ニコラスは眩しそうに紫眼を細くして、ノックでもするように花芽をトントンと叩いた。

とたんにヴェロニカは顎を仰け反らせて「ふぁぁぁあっ！」と大声を上げ、快楽の最高潮に達する。

一瞬で絶頂に昇りつめてしまったことが恥ずかしくて両手で顔を覆う。快感は尾を引いて、いまだ体内に埋まったままの指を締めつける。

ニコラスは窮屈さを確かめるように蜜壺の中で小さく指を前後させた。

「すまない、焦らしすぎたようだ」

彼は眉を下げて「詫びにきちんと捏ねよう」と言い足す。

「あっ……。ん、あぁっ……」

達したばかりで過敏になっている花芽を、宣言どおりにくにゅっ、くにゅっと捏ねまわされる。

蜜まみれの指でそうされて、快感のあまりまた達してしまいそうになる。

あともうわずかでも素早く捏ねられたらきっと絶頂を味わうことになると思うのに、そうはならなかった。ニコラスは緩慢な手つきで花芽を弄ぶ。

「ふ、はぅ……っ」

これでは「詫び」になっていないと、文句を言いそうになる。

「……また、意地悪をしてしまったな」

ヴェロニカの心情を読み取ったらしい彼が、今度こそ「きちんと」敏感な箇所を嬲りはじめた。

ぬめった指が素早く動けば、かえって焦燥感を持ってしまうほどの享楽に襲われる。そうして、彼の『意地悪』はすべて官能を高めるためのものだと思い知らされる。

「あぁあっ……！」と高い声を上げながらヴェロニカは二度目の極みに達する。

果てを見れば快楽への欲求は落ち着くはずなのに、全身がひどく燻っていた。

ニコラスは蜜壺の中に挿し入れていた指はそのまま、そのすぐ上で身を震わせている花核を親指で小さく突く。

「ぁ、ん……っ！　は、あぅっ」

丁寧な指の動きが絶頂の余韻を長引かせる。同時にさらなる快楽へと誘《いざな》われていくようだった。

彼に快感を教え込まれてきた体はすぐその気になって、欲しがりはじめる。

花芽は充血し、蜜壺の中は愛液で多分に潤い、胸の蕾はクリップに挟まれたまま尖りを増す。

「うぅ、もう……ニコラス様……ふ、う……っ」

たまらず呼びかければ、彼は口の端を上げた。

「催促か？」

極上の笑みを湛えてニコラスは花芯をつまみ、ご機嫌伺いさながら小刻みに揺さぶった。

「やっ、あぅ……っ、は、んんっ……！」

先ほどはなかなか花芽を触ってもらえなくて焦れていたが、いまは違う。

ヴェロニカが物足りないと感じていることを彼はわかっているはずなのに、いっこうに彼自身をくれない。

ヴェロニカは整わない息をなんとかして落ち着かせながら言う。

「も……おねが、い……ですから……中、に……！」

息を荒くしながらなおも催促するヴェロニカを目の当たりにしたニコラスは「んん」と艶めかしく唸って自身のナイトガウンと下穿きを脱いだ。

露わになった厚い胸板と猛々しい一物を前にしてヴェロニカは「あぁ」と歓びの声を漏

らす。彼のすべてが愛しくて、欲しくてたまらない。

それまでよりももっと脚を左右に広げて彼を待つ。ニコラスはヴェロニカの太ももを撫でまわしながら、蜜口に雄杭を沈めていく。

心地よい圧迫感に見舞われながら彼自身を受け入れる。楔を突き入れるとき、ニコラスはいつもヴェロニカの表情を注視している。

心遣いに溢れた視線が好きで、嬉しくて、繋がり合う喜びで全身が溶けそうになる。

ニコラスはたっぷりの吐息とともに「ふう」と声を漏らし、硬い楔を小さく上下させながら蜜襞を掻きわけ、根元まですべて収めきった。

「ふぁ、んぅっ……」

淫茎が行き止まりに達したときの悦びは果てしない。体じゅうが粟立ったようになり、至上の快楽が広がる。

そう――至上だと思うのに、彼が腰を前後させればそれよりも凄まじい快楽がもたらされる。毎回そうだ。

媚壁を小さく擦られるのも、大きく擦られるのも――どちらもいい。どんなふうにされても気持ちがよくて、ひたすら嬌声を紡ぐ。

「あっ、ぁ……あ、ん……ふっ……！」

楔が前後することで響く水音を、卑猥なものではなく情熱の証だと感じるようになったのはいつからだろう。

ときおり彼はわざと大きな水音を立てることもある。それもまた好ましくて、ヴェロニカはよがるばかりだ。

「ヴェロニカ……きれいだ。きみの美しさは際限がない」

急に声をかけられたヴェロニカは目を瞠り、最愛の人を見る。

にわかに汗ばんだ肌。伏せられた長い睫毛。薄く開かれた形のよい唇。そのすべてが彼に凄まじい色香を与えている。

ニコラスにその自覚はあるのだろうか。きっと、ない。ヴェロニカがいくら褒めたたえても、彼は「そうか？」と首を傾げるのだ。

――わたしには「自分の美しさを知ったほうがいい」とおっしゃるのに。

彼自身を棚に上げていることがおかしくなってつい口元を緩めてしまう。ニコラスは「うん？」と首を捻った。

それから、ヴェロニカのあらゆる箇所に視線を這わせていった。

「乱れた紅い髪も、潤んだ瞳も、あえかな声を漏らす唇も」

ニコラスは言葉を切ると、本気で言っているのだと訴えるように陽根を最奥へ押しつけた。そのあとでさらなる愛を告げる。

「硬くなった薄桃色の蕾も、熱く締めつけてくるきみの中も……すべて、好きだ。かわいくて愛しくて、底なしに求めてしまいそうになる――」

蜜壺の行き止まりをいっそう強く穿たれる。繋がりあっていることを忘れていたわけではない。それでも、突然もたらされた快感に全身が嬉しい悲鳴を上げた。

「ん、ふっ……！　いい、です……わたし、底なし……でも」

彼が好きだと言ってくれたすべてを、いまは自分自身も好きだと思っている。だから、ありのままを伝えられる。

「だって、気持ち……い……。ニコラス様、好き……っ」

ごくシンプルな言葉で思いの丈を口にした。飾りの言葉は、いらないと思った。

彼は美貌の面に親しみ深い笑みを浮かべてヴェロニカの髪や頬を撫でる。その優しい手つきとは裏腹に抽送は激しさを伴っていく。

「あっ、あっ、ぁ……あぅっ」

律動が速くなったことで体を揺さぶられ、ベッドの弾みも大きくなる。するとよけいに前後の動きが加速する。

「ひゃうっ、あぁあっ……やっ、んん……っ、ふ、ぁああっ……！」

「ん、っ……」

官能的な呻《うめ》き声とともに、切ない部分が大きく脈動するのがわかった。

ドクン、ドクン、ドクンという鼓動はどちらか一方のものではなく、ふたり同時に脈を刻んでいる。

「あ……」

彼の精を、注がれている。

彼の情熱を、受け止めている。

そう思い至ると、ぶわっ……と感動が込み上げて瞳から涙が溢れた。体の中に満ちていくものへの愛が膨れ上がる。

「……ヴェロニカ？」

彼が不安そうに顔を歪《ゆが》めたので「嬉しいのです」と口早に告げた。

ニコラスは安堵の色を浮かべて、ヴェロニカの背に腕をまわしてきつく抱きしめた。


温もりが遠ざかってしまった気がして目が覚めた。

——ニコラス様……？

目を擦りながら身を起こし、あたりを見まわす。思ったとおりベッドにニコラスの姿はなかった。彼は窓辺に佇み、海を眺めている。一瞬、絵画を鑑賞しているのだと錯覚した。

ニコラスはゆっくりとヴェロニカのほうを振り返った。

「もうすぐ夜明けだ」

「そうなのですか」

ナイトガウンの裾を正してベッドから下りようとすると、ニコラスが迎えにきてくれた。手を繋いで窓辺まで歩く。

水平線は仄《ほの》かなオレンジ色の光を纏っていた。起きたばかりでまだ頭がはっきりしないせいか、なんの言葉も出てこない。ただ、美しいという感情だけがあった。

海の向こうで太陽が昇る。朝陽が海の波に光を注ぐ。彼と一緒に見ているこの光景を、一生忘れないだろうとヴェロニカは強く思う。

ニコラスは、美しさに見とれて胸をいっぱいにするヴェロニカの頬を手のひらで覆い、そっと唇を塞ぐ。

「ふ……ぅ」

彼の背に腕をまわして身を寄せる。無性にくっつきたくなった。

ちゅうっというリップ音がするくらい激しくなってくると、ナイトガウンの向こうで雄物が膨れ上がっているのがわかった。ヴェロニカはその部分を手ですりすりと擦る。するとニコラスはくちづけをやめた。

「だめだ……ヴェロニカ。また……きみの中に入りたくなってしまう」

「いまはハネムーンの最中《さなか》、ですから……」

朝から求め合ってもよいのだと、視線で訴えかけてみる。

ヴェロニカが頬を染めて見上げれば、ニコラスはいかにもたまらないといったようすで唇を引き結んだ。

「ヴェロニカ……っ」

切羽詰まった声音で呼びかけられ、激しいくちづけを交わす。

ガウンの上から胸を揉みくちゃにされ、襟がはだけてきた。ニコラスは両手をガウンの内側へ滑り込ませて乳房を摑む。

ニップルクリップは、寝ているあいだに彼が外してくれたらしい。乳首になにも飾りがついていないからか、なんの遠慮もなく捏ねくりまわされる。

「んんっ、あ……あ、ふぁあ……」

遠慮がないことが嬉しくて、気持ちがよい。自然と腰が揺れ、彼の欲塊を刺激することになる。

ニコラスはヴェロニカの乳首を指でくりくりと弄りながらガウンの裾を避け、もう片方の手で蜜口の具合を確かめた。

説明するまでもなくそこは愛液で濡れている。蜜口から花核のてっぺんまでを指でなぞられたヴェロニカは「ふぁあ、ん」と甘えた声を漏らした。

「もう、このまま――」

「……っ、はい……ニコラス様」

　ふたりともベッドまでだって待てない。

　ヴェロニカはニコラスに抱え上げられる。互いにガウンの裾を退けて秘所を晒し、雄と雌の部分を繫ぎあわせる。

「あ……んっ、ふぅっ……！」

　ベッドやソファでするのとは違う。ヴェロニカを支えるものはニコラスだけだ。ところが不安定だと思うことも、恐ろしいという感情も一切なかった。

　ヴェロニカは彼を信頼して身を委ねる。

　淫茎の根元まで吞み込むと、すべてを満たされる。蜜壺は大喜びで蠕動し、貪欲に彼自身を感じ取ろうとする。

「ん……ヴェロニカ……」

　窮屈だと言わんばかりに見つめられるものの、ニコラスもまた悦んでいるのがわかる。彼のものが大きすぎるから窮屈に感じるのではないか――などと、言いわけはしなかった。

　ニコラスは小刻みに腰を上下させながらも、ヴェロニカの首筋に舌を這わせていく。

「ふぁう、あぁっ……ん、く……ぅ」

　内側を小さく擦られるのが悦《よ》すぎて、無意識のうちに腰を揺らしてしまう。

「……っ、そんなに刺激して」

　困ったように笑う彼を見ていっそう愛しさが募る。気がつけば、ニコラスの唇に自分の唇を押しつけていた。

　彼は「んん」と唸りながらキスに応えてくれる。

「きみは私に色仕掛けばかりしてくるな？」

　唇が離れるなりそう言って、ニコラスは言葉を継ぐ。

「箍《たが》が外れてしまう――」

　彼が目を伏せる。そうしてまた唇同士を重ね合わせる。下からの突き上げが激しさを増して、キスを続けるのが難しくなってくる。

　それでも彼の柔らかな唇と離れたくなくて、硬く逞しい体に腕をまわして縋りつきながら必死に唇を食む。

　ニコラスはごく間近で、声を漏らして嬉しそうに笑う。

「ヴェロニカはどうしてそう、かわいいんだ」

　切なげな顔をして彼は「愛している」と囁く。ヴェロニカもまた「愛しております」と同じ言葉を返した。

　揺るぎない愛を、どれだけ確かめてきただろう。何度、愛を囁き合っても満足することはなく、日を追うごとに恋情が積もっていく。

「ふっ……!?　あ、あぁ、ふぁあああっ……！」

　下方から猛攻をかけられ、目をまわしそうになった。

さざ波の音にふたりの吐息と、互いの切ない箇所が擦れる艶っぽい水音が混ざる。がくがくと揺れる視界の中で、愛しい人の額から汗の雫《しずく》が落ちるのがわかった。

熱く淫らに駆け上がって、ふたりでいちばん高いところまで達する。

ヴェロニカはニコラスに抱きついたまま、繋がり合った部分を中心に広がる絶頂の波を堪能した。

くたりとしているヴェロニカを抱えたまま、ニコラスはソファに腰を落ち着ける。彼の膝に座る恰好になる。

ヴェロニカは、汗で額に張りついているニコラスの白金髪をそっと掻き上げた。すると彼もヴェロニカの紅い髪を指に絡め、毛先のほうへと梳く。

「毛づくろい、しているみたいですね？」

笑みを浮かべてヴェロニカが言えば、ニコラスは「ああ」と目を細めて、今度は両手を使って紅い髪を繰り返し梳いた。

彼の手を心地よく思いながらヴェロニカは話しかける。

「今日……また、街へ出てもいいですか？」

「ああ、かまわない。なにか欲しいものが？」

「ユマに贈り物をしようと思います。昨夜は自分のものを買わなかったみたいだから」

「そうか。私も……きみに贈り物をしたい。ヴェロニカが望むものを、いくらでも」

そうして蕩けるようなキスをされ「なにがいい？」と問われる。

「……ニコラス様が、いいです」

ヴェロニカが言えば、彼は少し照れたように――それでいて幸せそうに――ほほえむ。

「では街へ出る前に――」

皆まで言われずともその先はわかる。欲しがったのはヴェロニカだ。ニコラスの手を取り指先にキスをして、ヴェロニカはこくりと頷く。

ふたりの甘やかなハネムーンは、まだまだ始まったばかり。

あとがき

こんにちは、熊野まゆです。ヴァニラ文庫様で、なななんと七冊目の本でございます。皆様本当にありがとうございます！

今作では『完全』や『完璧』といったワードを意識しております。序盤のヴェロニカは、ニコラスの圧倒的な完璧さを前にしてタジタジになっていますね。

蓋を開けてみればニコラスは決して完璧な存在ではなく、ヴェロニカを手に入れるため、必死にあれこれと策を弄しまくっておりました。

さて、アランは少しおとぼけな愛されキャラとなりました。ニコラスはアランに書面でヴェロニカの薬指のサイズを尋ねました。アランは素直に返事をしました。

「薬指のサイズを教えてくれたんだからもう婚約を了承したようなものだろう」とニコラスは解釈して指輪を作ったわけですが、アラン的にはなんにも考えずにただ聞かれたことに答えただけ。純朴ですね。

恒例の言葉遊びはわかりやすいものと、ちょっと難しいものとをご用意いたしました。難しいもののヒントは、クルネとサリアナの国境に広がる森の名前です。ローマ字にして並べ替えると、いつものワードとなります。

第三章でクライドが「運命の出会いでした」と言う場面がありますが、ダブルミーニングとなっております（キリッ）。

ニコラスにとってもクライドにとっても運命の出会いでした。第五章で頭の怪我についてクライドが「もう痛くない」と言っておりますが、じつはまだめちゃくちゃ痛かったもようです。ユマを心配させまいと必死なクライドでした。

本編では話の流れや、ページ数の関係でカットしましたが、オマムクーニャの森をさまよった際『クマノォミ』という木の実を食べて皆で小腹を満たしたヴェロニカたちでした。ハネムーンは、初稿ではクライドもついてきていました（笑）

これもカットしたシーンですが、カーニバルではクライドが、ニコラスにクマ耳の仮面をつけさせて面白がるシーンがありました。ちょっとクマクマしいし、クライドがついてきてしまったらエドガーはまた有事に対応できないよねということで、留守番となったのでした。

今回も担当編集者様にはたいへんお世話になりました。プロットでは例のごとく熊野が迷走していたので、何度もチェックしていただきました。いつもお手数おかけしております。そして、何度もチェックしていただいたにもかかわらず初稿修正でもまたまた、たくさんアドバイスを頂戴いたしました。

いつもより登場人物が多かったせいか、熊野が上手くまとめきれておらず、初稿では話がとっちらかって非常に読みにくい状態でした。

それを、担当編集者様が細やかにアドバイスくださり、ひとつひとつのエピソードが繋がりました。このたびはご迷惑をおかけして本当に申し訳ございません。いただいたお言葉を心に刻み、これからも頑張りますので、引き続きどうかよろしくお願いいたします！

イラストご担当のKRN先生。キャララフをいただいて「ぬぉ〜！」と叫んでおりました。ヴェロニカがかわいい！　ニコラスが超かっこいい！（語彙力）

カバーイラストにはぬいぐるみのクマちゃんと木彫りのクマちゃんも描いていただき！　それだけでなく挿絵にも木彫りのクマちゃんが登場して、熊野はもう大喜びでございました。嬉しいです！

KRN先生、素敵なイラストを描いてくださり、本当にありがとうございました。

そして本書の制作に携わってくださった皆様に心より御礼申し上げます。

末筆ながら、読者の皆様。あとがきまでお付き合いくださりありがとうございます。

皆様に楽しんでいただけるお話をお届けできるよう、これからも頑張りますので、今後とも熊野をどうぞよろしくお願いいたします！

熊野まゆ

原稿大募集

ヴァニラ文庫では乙女のための官能ロマンス小説を募集しております。
優秀な作品は当社より文庫として刊行いたします。
また、将来性のある方には編集者が担当につき、個別に指導いたします。

◆募集作品

男女の性描写のあるオリジナルロマンス小説（二次創作は不可）。
商業未発表であれば、同人誌・Web 上で発表済みの作品でも応募可能です。

◆応募資格

年齢性別プロアマ問いません。

◆応募要項

・パソコンもしくはワープロ機器を使用した原稿に限ります。
・原稿は A4 判の用紙を横にして、縦書きで 40 字 ×34 行で 110 枚 ~130 枚。
・用紙の 1 枚目に以下の項目を記入してください。
　①作品名（ふりがな）/②作家名（ふりがな）/③本名（ふりがな）/
　④年齢職業 /⑤連絡先（郵便番号・住所・電話番号）/⑥メールアドレス /
　⑦略歴（他紙応募歴等）/⑧サイト URL（なければ省略）
・用紙の 2 枚目に 800 字程度のあらすじを付けてください。
・プリントアウトした作品原稿には必ず通し番号を入れ、右上をクリップなどで綴じてください。

注意事項

・お送りいただいた原稿は返却いたしません。あらかじめご了承ください。
・応募方法は必ず印刷されたものをお送りください。CD-R などのデータのみの応募はお断りいたします。
・採用された方のみ担当者よりご連絡いたします。選考経過・審査結果についてのお問い合わせには応じられませんのでご了承ください。

◆応募先

〒100-0004　東京都千代田区大手町 1-5-1　大手町ファーストスクエアイーストタワー
株式会社ハーパーコリンズ・ジャパン　「ヴァニラ文庫作品募集」係

完全無欠の国王陛下を色仕掛けで落とそうとしたら逆襲されました
～愛され新婚生活～

Vanilla文庫

2023年9月5日　第1刷発行　定価はカバーに表示してあります

著　者　熊野まゆ　©MAYU KUMANO 2023
装　画　KRN
発行人　鈴木幸辰
発行所　株式会社ハーパーコリンズ・ジャパン
東京都千代田区大手町1-5-1
電話　03-6269-2883（営業）
0570-008091（読者サービス係）
印刷・製本　中央精版印刷株式会社

Printed in Japan ©K.K. HarperCollins Japan 2023 ISBN978-4-596-52550-5